Stefan Schwarz, Jahrgang 1965, ist mehrfach erprobter Ehemann und leidenschaftlicher Vater. In der Berliner Traditionszeitschrift «Das Magazin» bestreitet er eine monatliche Kolumne über das letzte Abenteuer der Menschheit: das Familienleben. Bei Rowohlt · Berlin erschien außerdem sein erster Roman, «Hüftkreisen mit Nancy».

«Stefan Schwarz ist der einzige im komischen Sinne ernstzunehmende Kolumnist im Osten Deutschlands.» (Titanic)

«Da lacht das Publikum im innigen Einverständnis.» (Deutschlandfunk)

«Viel schwarzer Humor und direkte Anspielungen, Selbstironie und böse Vergleiche …» (SWR)

STEFAN SCHWARZ

ICH KANN NICHT, WENN DIE KATZE ZUSCHAUT

Neue schreckliche Einzelheiten
aus dem Leben eines Mannes
von mittlerer Statur

Rowohlt
Taschenbuch Verlag

Veröffentlicht im Rowohlt Taschenbuch Verlag,
Reinbek bei Hamburg, November 2010

Umschlaggestaltung any.way, Hamburg,
nach dem Original des Seitenstraßen Verlags
(Illustration: Jan Stöwe)
Satz Minion Pro, PostScript (InDesign)
bei Pinkuin Satz und Datentechnik, Berlin
Druck und Bindung CPI – Clausen & Bosse, Leck
Printed in Germany
ISBN 978 3 499 25511 3

«Muss jeder Weg, den ich gehe, sich gleich vor mir teilen?»

Hugh Trevor-Roper
(Schräger britischer Historiker, 1914–2003)

INHALT

ZUERST Mein Name ist Stefan Schwarz. Als Kind bin ich nach dem Baden gern in der leeren Badewanne hin und her gerutscht. Heute passiert da nicht mehr viel. Dafür ist mein Wasserverbrauch jetzt geringer. Vor kurzem bin ich zu meiner Frau unter die Bettdecke gekrochen und habe ihr ins Ohr geflüstert, dass sie für sich genommen noch sehr gut aussieht. Dann musste ich wieder zurückkriechen. Meine Tochter kann Flickflack auf dem Schwebebalken und Spagat im Türrahmen, aber man darf beim Erziehen nicht streng sein mit ihr, weil sie dann sofort losheult. Wenn man aber nicht streng ist, macht sie, was sie will. Mein Schwiegervater ist erst 66 und Torwart beim Seniorenfußball. Wenn da jemand beim Spiel stirbt, wird er erst mal beiseitegelegt. Es ist eine andere Generation. Mein Sohn hat lange, fettige Haare, aber wer hätte das nicht gerne? Ich habe eine Zeit lang viel Chili gegessen, weil Chili gut gegen Prostatakrebs ist. Dann habe ich gelesen, dass man von viel Chili eher Magenkrebs kriegt. Es ist alles nicht so einfach. Meine Kollegin hat sich neulich mit einem alten Schulfreund getroffen. Sie sagt, er wäre ein bisschen dicker geworden. Und schwerer.

MONDFAHRT DER MANNSBILDER Männer sind das starke Geschlecht. Daran besteht nicht der geringste Zweifel. Was sonst als ein Geschlecht von besonderer Güte würde ein derart umfassendes und andauerndes Draufschlagen so unbeschadet überstehen? Glaubt man den Frauen und ihrem Gefolge von Einschleimern, sind Männer zu nix nütze, aber für alles verantwortlich. Kriege, Seuchen, Gewalttaten, zu enge Parklücken – alles Männerwerk. Andererseits aber Kinder kriegen, Blumen pflanzen, Frieden schaffen oder verdammt nochmal endlich einfach den verflixten Weichspüler in den zweiten Waschgang geben, wie es ihm schon tausendmal gesagt wurde – Fehlanzeige. In der Familie sind Männer eine Katastrophe. Machen ständig nur Nickerchen oder hantieren geistesabwesend im Hobbyraum mit sinnlosen Kleinteilen. Bei der Erziehung der Kinder entweder zu grob oder zu nachlässig. Und in den Liebesdingen einfältig, monoton, selbstsüchtig und eher fertig, als frau das Wort Migräne aussprechen kann.

Deswegen muss der Mann sich ändern. Und zwar schon immer. Er muss weniger Fleisch essen und mehr Roibusch-Tee trinken, er muss in Workshops lernen, sich fallenzulassen und ganz anzunehmen, seinen Atem zu spüren, auf ganz natürliche Art fröhlich zu sein und auch mal zu weinen. Schenkelstreicheln statt Schenkelklopfen.

Natürlich haben die Frauen unrecht. Das desaströse Männerbild der Gegenwart, wie es in jedem Schrottplot von Frauenliteratur als sexistische Mischung aus Vollochsen und Deckhengsten zu Millionen über den Ladentisch geht, offenbart nur, wie sehr die Frauenwelt in selbstverliebter Nölroutine erstarrt ist. Alles, was den Männern heute vorgeworfen wird, haben die meistens schon seit hundert Jahren hinter sich gelassen. Männer können keine Gefühle zeigen? Wer, bitte schön, hat das Poesiealbum erfunden, in das sich Geister wie Goethe und Schiller empfindsamste Sentenzen hineindichteten? Das ganze späte 18. und frühe 19. Jahrhundert hindurch grüßt, küsst und umarmt sich die literarische Männerwelt wie ein am Rande der Ohnmacht herumseufzender Schwulenclub auf einer Überdosis Ecstasy. Und wahrscheinlich wäre es heute noch so, wenn nicht plötzlich die Frauensleute auch angefangen hätten, sich mit ihrer Intimität zu brüsten. Wir sind beim Geheimnis des unablässigen Gestaltwandels des Konstruktes Männlichkeit angekommen.

Die Männer sind mit ihrer Männlichkeit nur deshalb ständig in der Krise, weil sie sich ewig etwas Neues einfallen lassen, um sich von den stupide nachahmenden Frauen zu unterscheiden. Ein flüchtiger Blick auf ein paar Cranach-Gemälde zeigt, wer eigentlich den bunten Flitterkram der Kleidermode für sich erfunden hatte. Die Herren Fürsten und Vögte mit extra verstärkt hodenbetonten Beinkleidern lassen keine Zweifel daran aufkommen, wer die Urheberschaft von Feinstrumpfhose und Wonderbra beanspruchen kann.

Männer nehmen es mit der Körperpflege nicht so genau? In Ovids Liebeskunst gibt es ellenlange Maßgaben zur Entfernung von eventuell störenden Nasen-und-Ohren- und Popo-Härchen für den Römer von Welt, und das zu einem Zeitpunkt, als der übergroße Teil der Frauen noch mit Stachelbeerbeinen und Angorapelzachseln übers Forum schlurfte.

Männer wollen immer nur das Eine? Das stimmt. Männer wollen tatsächlich nur das Eine, nämlich, dass die Frauen endlich einmal von ihrer obsessiven Fixiertheit auf den angeblich männlichen Sexwahn ablassen. Auch hier, in quälend uninspirierter Nachfolge schon längst vergangener männlicher Sexprotz-Epochen, kann die moderne Frau in einem sportlichen Kompliment bezüglich ihrer Figur, einer unschuldigen Nackenmassage im George-W.-Bush-Stil (wobei wir nicht wissen, ob dies nicht doch der noch rechtzeitig abgebrochene Versuch war, der außenpolitisch unkooperativen Bundeskanzlerin den Hals umzudrehen) oder einem rein olfaktorisch interessierten Schnuppern am neuen Parfüm nichts anderes erkennen als immer dasselbe schnöde Beiwohnungsgesuch. Frauen überschätzen notorisch ihre Rolle im männlichen Geschlechtsleben. Natürlich ist Sex für Männer wichtig, aber das heißt nicht, dass Frauen jedes Mal mit dabei sein müssen. Oft stören sie sogar dann, wenn sie mal mit von der Partie sein dürfen.

Und so verhält es sich mit den meisten männlichen Betätigungen. Schon längst haben sich die Frauen auch beim Boxen und Fußballspielen eingeklinkt, und manch ein betagter Fan kam beim Public Viewing während der WM nicht über das Mundöffnen hinaus, weil ständig ihm zuvor buntbemalte Weibsen eigentlich für Männer vorbehaltene Fachbegriffe wie «Abseits!!!» oder «Ecke!!!» kreischten.

Anstelle der stolzen Kavallerie von einst traben heute die Pferde unter mittvierziger Bankkauffrauen über die Wiesen. Lange vorbei sind auch die Zeiten, als die kultivierte Dame im Eisenbahncoupé auf die Frage eines Mannes, ob es sie stören würde, wenn in ihrer Gegenwart geraucht wird, spitz antwortete: «Das weiß ich nicht. Es hat bisher noch niemand gewagt!»

Im Gegenteil: Während die Zahl der männlichen Raucher kontinuierlich im Sinken begriffen ist, steigt sie bei den wieder mal um Jahrzehnte zu spät hinterherkommenden Frauen überproportional an. Und selbst sicher geglaubte, traditionelle Rückzugsorte wie die Autobahntoilette werden mittlerweile von den Frauen gestürmt. Das entsprechende Männer-Urinal-Benutzungs-Kit für Frauen gibt es seit kurzem im Handel. Welche Auswirkungen das schnaufende Auftauchen der dicken alten Geographielehrerin samt umgeschnalltem Plastikschlauch neben einem schüchtern im Raststätten-WC vor sich hin tröpfelnden Apothekengehilfen auf dessen männliche Identität haben wird, will man sich gar nicht vorstellen.

Wer die heute fast schon skurril anmutende Weltraum- und Mondfahrtbegeisterung der sechziger Jahre des letzten Jahrhunderts näher in Augenschein nimmt und vor dem Hintergrund der aufkommenden Emanzipationsbewegung gesamtkulturell einordnet, wird das Gefühl nicht los, das Apolloprogramm sei vor allem der verzweifelte Versuch der letzten wirklichen Männer gewesen, die Erde schnellstmöglich zu verlassen und einen Ort zu erreichen, wo man in Ruhe ein Mann sein kann.

SCHNELL MAL LUFT HOLEN GEHEN Ich schlafe nicht gern mit offenem Mund. Man sieht nicht nur unvorteilhaft verstorben aus, sondern es ist auch gefährlich, denn in lasterhaften Vorzeiten hat einmal eine meiner rauchenden Bettgefährtinnen auf der falschen Seite die Zigarette abgeklopft.

Ich schlafe deshalb nur mit offenem Mund, wenn es gar nicht anders geht. Und es ging schon seit Wochen nicht anders. «Geh doch mal zum Arzt mit deiner zuen Nase», nörgelte meine Frau, die durch mein panisches Luftschnappen während der Knutscherei dann doch etwas an libidinöser Hingabe eingebüßt hatte. Ich geh aber auch nicht gern zum Arzt. Bei mir könnense immer nix finden, sogar wenn ich alle Symptome beisammenhabe, und fürs Ausgelachtwerden muss ich nicht zehn Euro bezahlen. Außerdem ist mein Arzt Vorsorgefanatiker und versucht selbst bei so was wie eingewachsenen Zehennägeln die Überweisungsmasche («und bei der Gelegenheit machen wir gleich mal eine Darmspiegelung mit, was?») … Insofern erwartete ich eher eine großräumige Prostataabtastung als den Prick-Test, mit dem mir der Arm perforiert wurde.

«Sie sind Allergiker», sagte der Doktor frohgelaunt über den Befund, «Ihr Immunsystem reagiert über, daher der Schnupfen.» «Unmöglich!», schnaubte ich entsetzt und sprang auf. «Ich sagte, Ihr Immunsystem reagiert über, nicht Ihr Nervensystem!», wies mich der Doktor zurecht, und ich sank verschnupft auf den Stuhl zurück.

Das mir! Das Einzige, wogegen ich bisher allergisch war, waren doch Allergiker selbst. Dünnarmige Heilpädagogen und Klarinettisten, die noch bei Mutti wohnen und die bei jedem Parkspaziergang alle zwei Minuten trocken ins Taschentuch trompeten. Natürlich darf ein Mann auch mal eine geschwollene Nase haben, aber nur, wenn hinter ihm ein Dutzend niedergeschlagen wirkender Türsteher den Weg zum Tanzlokal freigegeben haben, aber nicht wegen Schwebeteilchen im PPM-Bereich.

Hinzu kommt: Ich bin im rauen Osten geboren, wo Luftholen noch richtig Arbeit war, und war von Kindesbeinen an gewohnt, ohne zu mäkeln, alles einzuatmen, was auf den Tisch kam. «Aber ich war doch früher nie allergisch», trotzte ich noch, doch der Doktor legte nur kompetenzpotenzierend seine Fingerspitzen gegeneinander und sprach: «Dann haben Sie bisher noch nie in der Nähe von Schwarzerlenpollen gelebt.»

Tja, ich bin also der Stefan, und ich bin schwarzerlenpollenallergisch. Da haben ja die Leute vor Langeweile schon das Zimmer verlassen, bevor man seine Allergie richtig ausgesprochen hat! Mein Schwager hat wenigstens eine handfeste Milchallergie und fällt röchelnd vom Stuhl, wenn er aus der falschen Tasse getrunken hat. Aber Schwarzerlenpollen? Wer braucht denn so was?

Wenn mein kapriziöses Immunsystem sich schon mit einer ausgefallenen Fehlfunktion schmücken möchte, warum kann ich dann nicht auf Landminen allergisch reagieren? Ich wäre der Top-Mann in der Bundeswehr. («Hier Vorauskommando Djelallabad. Schwarz hat angefangen zu näseln. Wir brauchen Räumfahrzeuge!»)

«Und – wann kann man dich wieder richtig küssen?», fragte meine Frau nach dem Arztbesuch. «Wenn die schwarze Erle nicht mehr blüht …», antwortete ich voll Rätsel, «sing ich dir mein schönstes Liebeslied …»

SOLL ICH MEINE TOCHTER VERSCHLEIERN? «So geht es nicht weiter», sagte ich zum Feuilleton der Frankfurter Allgemeinen, «Troll oder Prinzessin – die Tochter muss sich entscheiden.» «Nimm doch bitte die Zeitung runter, wenn du was mit mir bereden willst», mahnte meine Frau, die, seitdem ich ihr diese sensationelle Antifalten-Creme geschenkt habe, ständig mit allen Menschen nur noch von Angesicht zu Angesicht sprechen will, um ihre mimische Überlegenheit auszuspielen. Dabei wusste meine Frau genau, worum es ging. Die Trollprinzessin war bei der unbeaufsichtigten Erstbesteigung der Abzugshaube in unserer Küche mit der Glitzerschärpe an einer Ecke hängengeblieben, abgestürzt und hatte sich am Kinn verfleischwundet. «Das Kind ist mittlerweile an mehreren Stellen als schadhaft zu bezeichnen. All diese Schrammen und Narben gehen auf die unpassende Bekleidung zurück. Ich erinnere an den durch mehrere Äste unvorteilhaft gebremsten Abgang der Trollprinzessin, nachdem sie mit ihren Lackschuhen auf dem Apfelbaum abgerutscht war.» Meine Frau versuchte, verächtlich die Stirn zu runzeln, was aber wegen der sensationellen Creme nicht mehr ging. «Unser Kind will eben Glanz und Abenteuer miteinander vereinbaren», meinte meine Frau schließlich, «Doppelrollen, wie sie einer späteren Ehefrau und Mutter schon vertraut sein sollten.» «Wir werden zum wahhabitischen Islam übertreten müssen, um sie noch verheiraten zu können», entgegnete ich bitter, «nur tief verschleiert wird sie angesichts ihrer vielen Dellen noch als Braut taugen.»

Jetzt lachte meine Frau, soweit es ihr straffes Gesicht zuließ, und sagte: «Guck dich mal im Kindergarten um, da stehen die Jungs schon Schlange.» Derart neu fokussiert, brachte ich die Trollprinzessin in die Kita, um mir die Herren Anwärter aus der Nähe anzusehen und wo als Erstes der kleine Herr Friedemann angeschossen kam, um meine Tochter zu Boden zu drücken. «Der schon mal nicht», sagte ich am Abend zur Mutter, «das ist so ein Herzlicher! Bei uns ist kurzes Zunicken der Zärtlichkeiten genug. Aber das ist so einer, der dich noch an sich presst, wenn du ihm Hausverbot erteilst.»

«Und wie findest du Gideon?», fragte meine Frau. «Der sieht doch supersüß aus, und cool ist er obendrein.» «Gideon kann meiner Tochter nicht das Leben bieten, das ich für sie vorgesehen habe», erwiderte ich entsetzt, «Gideon interessiert sich für Lastkraftwagen …» Ich ekelte mir das Wort heraus: «… für Brummis. Möchtest du, dass unsere Keimbahn in einer Speditionsfirma ausläuft?»

«Bliebe noch Alex, der mit den roten Locken», schlug meine Frau vor, und ich versuchte vergeblich, mir vorzustellen, wie ich ein rotlockiges, sommersprossiges Enkelbaby mit zwei sehr weit auseinanderstehenden Vorderzähnen zum Familienfoto auf dem greisen Schoß hielt.

Da meine Frau wie alle langjährigen Partnerinnen die Kunst des Gedankenlesens ausreichend beherrscht, auch wenn es mit den Jahren bei Männern immer weniger zu lesen gibt, meinte sie: «Vielleicht sollten wir uns bei den Urteilen zur Gattenwahl unserer Tochter so sehr zurückhalten wie meine Familie. Oder haben sie dich jemals spüren lassen, was sie wirklich von dir halten?» «Du hast recht», liebkoste ich meine glatte Frau, «meine aber noch viel mehr.»

MENSCHEN OHNE BODENPLATTE Fisch mit Dill, Fenchelgemüse und Petersilienkartoffeln wirken bei übermäßigem Genuss aufgrund des hohen Estragol-, Apiol- und nicht zuletzt Myristicingehaltes sexuell erregend. Insofern hätte ich eigentlich vorbereitet sein müssen, als Mutter Dinkelkeks nach dem letzten Gast-Mahl an meine Seite rückte. «Soll ich dir mal meinen Balkon zeigen?» Mutter Dinkelkeks sah mich mit leuchtenden Augen an. Ich schaute mich vorsichtig um, ob bei den anderen das Essen in ähnlicher Weise angeschlagen hatte. «Ja, hol sie mal raus!», rief Vater Dinkelkeks begeistert von nebenan. Und während ich noch entsetzt hin und her blickte, lagen die Fotos schon auf dem Tisch. Rohbauwände, Fußbodenheizungsschlangen, Gasbetonsteine, Fensterstürze, Fliesenspiegel, Ab- und Anschlüsse nebst Zargen, Zacken und Zinken. «Hier ist die Abstellkammer und da das Gästeklo. Man kann schon richtig was erkennen», juchzte die Dinkelkeksin, und in diesem Moment wusste ich, woran mich die Bilder erinnerten. An Ultraschallfotos, an Babys. «Pack das weg. So was will ich gar nicht sehen», sagte ich schroff.

Etwas pikiert sammelte Mutter Dinkelkeks die Fotos vom Tisch. Aber wahrscheinlich hatte ich schon zu lange draufgeguckt. Denn als ich danach durchs Fenster sah, hatte sich die verknöterichte Brache neben unserem Mietshaus schon fast in so was wie Bauland verwandelt. «Mann, die Bauzinsen sind absolut im Keller, und neben uns ist noch ein Reihenhausgrundstück frei», lockte Vater

Dinkelkeks leutselig. «Ich möchte nie in einem Haus wohnen, das ich mir leisten kann», formulierte ich beherrscht, und Vater Dinkelkeks schrie vor Schmerz auf, aber nur, weil meine Frau gegen das falsche Schienbein getreten hatte.

Es ist das alte Lied. Kaum dass die Kinder einmal durchgeschlafen haben, werden die Menschen reineweg toll. Häuser werden ja nicht gebaut, weil man endlich vier Zimmer auf drei Etagen haben muss, um die Hälfte vom Rest seines Lebens auf einer Kiefernholzwendeltreppe zu verbringen, oder wegen der Kinder, weil die unbedingt zwischen Grillecke und Thujenhecke zehn Quadratmeter Rasen «zum Herumtoben» brauchen. Das ist völlig zweitrangig. Nein, das Häuserbauen entspringt dem Midlife-kriselnden Drang, noch einmal etwas ganz Verrücktes zu tun. Da eine Weltumsegelung oder das Besteigen des Nanga Parbat über die Ostseite in einem Sturmtief beim Stand der heutigen Technik zu Recht als lasch und zu reizarm gelten, sind 30 Jahre Kreditstemmen ohne Urlaub und Baufehler vom aufwellenden Qietsch-Parkett bis zum handbreiten Setzungsriss an der Schlafzimmerwand genau die Unwägbarkeiten, die einen modernen Menschen noch an die Grenze seiner Belastbarkeit zu bringen vermögen.

«Warum bauen wir eigentlich nicht?», fragte meine Frau am Abend, während sie sich auf berückende Weise am Rücken aufhakte. «Wer baut, der haut», sagte ich zu meiner Frau, «und zwar seine Frau! Zwei Drittel aller Paare trennen sich doch, noch ehe der Putz trocken ist.» «Du meinst, unsere Liebe ist nicht mal stark genug für ein kleines Haus, ganz ohne Gauben und nur mit Bodenplatte?», zwitscherte die Schöne, während sie sich aufgehakt zu mir drehte. «Ich sprech mit der Bank», keuchte ich hastig.

AUF KLEINEM FUSS «Neunundreißig.» Ich hatte die Zahl so leise wie möglich gesprochen, kaum die Lippen bewegt und den Kopf schräg zum Verkäufer gesenkt, um dem Beratungsgespräch die nötige Intimität zu verleihen. Aber umsonst. Die Kassiererin warf mir über ihre Lesebrille sofort einen kühl registrierenden Blick zu, der Surflehrertyp mit dem Paar Westernstiefel schaute, auf seinem Kaugummi nunmehr betont langsamer kauend, herüber, und sogar der schlaksige Gymnasiast vor dem Sneakersregal löste interessiert den Kopfhörerstöpsel aus seinem Ohr. «Diese Größe führen wir nicht», sagte der Verkäufer mit einem an Herablassung nicht mehr zu überbietenden Bedauern und setzte sich mit einem knapp angefügten «Das ist hier ein Herrenschuhgeschäft!» auf meine private Todesliste.

«Neununddreißigeinhalb?», versuchte ich mich noch etwas kläglich in die Welt der Herrenschuhe zurückzufragen, aber der Verkäufer schüttelte nur den Kopf. Ich machte auf meinem kleinen Absatz kehrt und ging hinaus. Draußen auf der Straße kamen mir Frauen, Farbige und Haustiere entgegen. Sie alle genossen freudig und ausgelassen den Schutz des Grundgesetzes. Niemand darf sie benachteiligen. Mich schon. Die Diskriminierung kleiner Männer gehört zu den letzten Tabus des Abendlandes. Alle behandeln einen, als wäre man irgendwas Kleines, das einem Mann bloß täuschend ähnlich sieht. Und wenn man dann herausragende männliche Leistungen in Kunst, Wissenschaft oder Sexualität erbringt, heißt es immer gleich: Lasst den mal. Der kompensiert nur seine Minderwüchsigkeit. Es ist ein Elend. Alle schauen weg, wenn man es im schlingernden Bus mit der Hand nicht nach oben an die Haltestange schafft und mitsamt Aktentasche in die Sitzreihe klappt. Bundweite 32 mit Beinlänge 29 scheint auf Betreiben des Weltverbandes der Änderungsschneider in der Jeansfabrikation auf dem Index zu stehen.

Und das sind nur die kleinen Beispiele. «Laut dem Deutschen Institut für Wirtschaftsforschung schlägt jeder Zentimeter Körpergröße mit einem um 0,6 Prozent höheren Bruttogehalt zu Buche. Das bedeutet, dass bei gleicher Qualifikation ein zehn Zentimeter größerer Mann rund 2000 Euro pro Jahr mehr verdient als ich», trompetete ich empört im Großraum herum. «Ich verdiene aber gar nicht 2000 Euro mehr als du!», erwiderte der Kollege Ulfi mit der für größere Männer typischen Einfachheit. «Wie gesagt, bei wenigstens gleicher Qualifikation», antwortete ich, und es gelang mir gerade noch rechtzeitig, dem gusseisernen Locher auszuweichen, der geflogen kam. (Wahrscheinlich aber nur deshalb, weil sich kleine Männer schneller ducken können.) «Du sollst es einmal besser haben», dachte ich damals still zu meinem noch völlig ungezeugten Sohn, während ich mit unverhohlenem eugenischen Interesse die Fotos der hünenhaften Vorfahren meiner Frau betrachtete, um sie mir dann sofort mit extrem anspruchsvoller Konversation und total individuellen Geschenken gefügig zu machen.

«Du hast es geschafft. Du gehörst jetzt … zu den anderen», sagte ich wiederum gestern wehmütig, als ich über dem Scheitel meines nun vorpubertierenden Sohnes mit Filzstift am Türrahmen jene Größe anstrich, die ich erst im Alter von sechzehn Jahren hatte.

WUNDERLICHE VIELFALT IN DER VERERBUNG «Die sollen doch einfach nur die Schnauze halten», brüllt die Trollprinzessin von fern. Gut, in abgebrühten Journalistenfamilien ist der Ton oft rau («Kinder, der Papi muss den Großbrand mit den sieben Toten noch auf zweidreißig für die Achtzehn-Uhr-Sendung runterbrechen, aber dann können wir ins Spaßbad!»), doch es gibt Grenzen. Ich schaue ins Wohnzimmer, da lungert meine Tochter entspannt auf dem Fernsehsessel herum, deutet mit dem krümelnden Rosinenbrötchen auf den Bildschirm und erklärt ungerührt kauend: «Der kriegt jetzt was aufs Maul.» Das ist dann doch zu viel.

Ich eile zum Gerät, um die Seele meines Kindes zu retten. Doch das Kind springt mir ans Bein und barmt: «Nur noch die eine Operation, bitte, bitte, bitte!» Ich schaue aufs Fernsehbild. Quälend langsam schneidet der Veterinärchirurg der Bulldogge mit der offenbar nur unter großen Schwierigkeiten aufgesetzten Narkosehaube die Geschwulst heraus, und ich überlege, ob dies nicht der rechte Zeitpunkt für die Gründung einer Selbsthilfegruppe «Ganz normale Eltern total wunderlicher Kinder e. V.» ist.

Die Trollprinzessin lässt sich unter keinen Umständen zum Anschauen altersgerechter Trickfilme bewegen, sondern guckt nur Tierklinik-Dokumentationen oder Kugelstoßen. Und der Kronsohn fiel schon im kirchlich-friedensbewegten Kindergarten dadurch auf, dass er seine Mitbatzis dazu bringen wollte, den Frontverlauf des

Russlandfeldzuges im Sommer 1943 nicht nur mit Bauklötzchen nachzuspielen, sondern auch noch zu erörtern und zu beraten.

Was haben wir falsch gemacht? Lag es daran, dass ich die selbst an Pseudokonflikten überaus armen Benjamin-Blümchen-Geschichten immer ohne Betonung und innere Anteilnahme vorgelesen habe? («Otto, törööö, dein Schnürsenkel ist auf. Was sollen wir nur tun?») Nebenbei: Wirklich leidenschaftlich gern hab ich nur die Geschichte von der traurigen Prinzessin vorgelesen, aber nicht wegen der bekannten Story, sondern wegen der Illustrationen, in denen ein mitfühlender Zeichner das Edelfräulein mit Klimperwimpern, einem vorteilhaften Dekolleté, einer doppelt atemberaubenden Schnürtaille und anderen, nur für Kinder unerheblichen Details ausgestattet hatte. (Tja, liebe Kinderbuchverlage, mal drüber nachdenken: neues Marktsegment. Für Kinder geschrieben, für Väter illustriert.)

«Das ist bloß eine Phase», beruhigte mich meine Schwester beim sonntäglichen telefonischen Bruderberuhigungsgespräch. «Das sagst du jetzt schon seit zwei Jahren», nörgelte ich. «Bring sie einfach mehr mit normalen Kindern zusammen, und du wirst sehen …» Da meine Schwester älter ist als ich, gehorchte ich ohne weitere Einwürfe. Tatsächlich entspann sich der nächste Spielenachmittag mit der amtlich normal entwickelten Rosa-Lilly sehr harmonisch. Die Barbies wurden herausgeputzt und auf die Pferde gesetzt, dass es eine altersgerechte Freude war. Ich saß mit Rosa-Mutti in der Küche und langweilte mich hervorragend. Dann kam die Trollprinzessin herein und kramte im Bastelfach. «Na, du suchst wohl ein Schleifchen für dein Barbiepferd?», flötete ich meine Tochter an.

«Nee», brummte die Trollprinzessin in sich hinein, «das eine Pferd lahmt. Ich mach jetzt erst mal 'ne Gewebeentnahme in der Beugesehne. Wo issen die Konditorstanze, Papa?»

BART APART «Mein Bart fängt an, mich zu langweilen», sagte ich zu meiner Frau im Badezimmer, die formschön in ein Badetuch gewickelt ihren Haaransatz entgraute. «Dann rasier ihn ab», sagte meine Frau, deren Anteilnahme mit dem Scheitelpinseln offenbar vollständig ausgelastet war. «Aber ich kann ihn nicht abrasieren», erläuterte ich wichtig, «es ist ein Funktionsbart. Er soll mich geheimnisvoll aussehen lassen.» «Na ja, vielleicht nicht gleich geheimnisvoll», erwiderte die Sanduhrgleiche. «Schaut mein Bart nicht drein, als verberge sich ein Geheimnis dahinter?» Meine Frau drehte sich mit einem zum Anbeten betonten Hüftschwung zu mir ein, funkelte mich kurz fragend an, ob ich schon der Mann sei, den man mit der Wahrheit über sein Aussehen konfrontieren könne, und sprach: «Dein Bart schaut so geheimnisvoll aus wie der Bart eines Mannes, der eine TT-Modelleisenbahn hat und seinen Freunden vom TT-Modelleisenbahner-Verein verschweigt, dass er noch eine HO-Anlage auf dem Dachboden stehen hat.» «Ö!», sagte ich.

«Dein Bart», wickelte mich die jetzt haaransatzweise enorm Verjüngte versöhnlich in ihr Badetuch, «verbirgt weniger ein Geheimnis, als er vielmehr eins ausposaunt.» «Ä?», fragte ich. «Dein Bart, mein Schatz, kratzt», offenbarte mir mein bloßes Weib, «nicht immer, und auch immer seltener, aber vor allem hier.» Sie zeigte mir eine rotgeschmirgelte Stelle, die sich von der Halsbeuge bis zum Dekolleté hinzog. «Das ist wie ein Schild um den Hals, auf dem steht: ‹Ich hatte Sex mit einem Bartträger!›»

Ich sah mir die Stelle genauer an und entdeckte interessiert: «Genau! Man könnte beinah meine Umrisse nachzeichnen!» Ich schlug ihr vor, meine Gesichtsbehaarung auf ein Menjou-Bärtchen herunterzustutzen, aber die Frau meinte, ein Mann wie ich, der den Löffel beim Suppeessen immer noch in der ganzen Faust hält, sollte mit physiognomischen Hinweisen auf gehobene Lebensart doppelt vorsichtig sein.

Auch ein dekolletéschonender, wuscheliger Backenbart stieß auf Ablehnung, es sei denn, ich würde mir gleichzeitig die Vorderzähne vergrößern lassen, um das Hamsterimage abzurunden. Ebenso verweigert wurde mir ein hiphopper Kinnbart, solange ich mit Schlagertrompeten wie Marianne Rosenberg und Mireille Matthieu auf dem iPod hüftschlackernd meine Runden durch den Auenwald drehe. Ein Schnauzer fiel ebenso durch, weil meine Frau nicht neben einem Streifenpolizisten erwachen wollte.

«Da bleibt nicht mehr viel übrig», nörgelte ich und setzte den Rasierer drohend an meine Oberlippe, um mir ein zwei Finger breites Oberlippenbärtchen anzufräsen. «Das würde dir stehen, aber es hat einen schlechten Ruf», sagte meine Frau zu meiner offenkundigen Überraschung. «Ich werde versuchen, durch strahlenden Weltruhm den Ruf des Bärtchens zu rehabilitieren», schlug ich vor. «Du meinst, die Menschen werden eines Tages sagen, der Führer hätte ein typisches Stefan-Schwarz-Bärtchen getragen?» «Ich würde es mir zutrauen», sagte ich und setzte den Rasierer an.

Doch da stoppte meine Frau die Scherhand sanft und sagte mit all ihrer Lieblichkeit: «Kratz dich lieber weiter bei mir ein!»

SCHÜCHTERN BETRACHTET Bei uns ist niemand schüchtern. Wahrscheinlich sind meine schüchternen Vorfahren mal alle von den Schweden im Dreißigjährigen Krieg niedergebrannt worden, als sie sich trotz mehrmaliger Ermahnung vor Schüchternheit nicht aus der Hütte trauten. Der andere Teil meiner Sippe hingegen, allesamt nassforsche Ranschmeißer vor dem Herrn, war wahrscheinlich den säbelschwingenden Schweden schon ewig entgegengelaufen, um ihnen völlig ungefragt ein Ohr abzukauen oder ihnen so lange was vom Pferd zu erzählen, bis die Schweden völlig entnervt weiterritten und dabei vergaßen, sie pflichtschuldigst allezumachen. So konnten sich die Distanzgeminderten unter meinen Vorfahren prächtig fortpflanzen. Noch heute hat man bei großen Familienjubiläen den Eindruck, es tage der mitteleuropäische Marktschreierverband. Da fallen Pranken ineinander, werden zum Gruße derbe Schmähungen geröhrt und Neffen und Nichten in die Wange gekniffen, in die Rippen geknufft und geknuddelt, bis sie grün und blau sind. Jedenfalls war das so, bis ich meine Frau kennenlernte.

Dass meine Frau ein bisschen schüchtern ist, wäre mir nicht im Traum eingefallen. Immerhin ist sie Journalistin und rennt ständig mit dem Mikrophon irgendwelchen Politikern hinterher, um sie zu fragen, ob sie zurücktreten. Danach stellt sie sich frontal vor die Kamera und sagt mit Eisesstimme, dass jetzt sogar schon Kollegen aus der Fraktion den Rücktritt des Politikers nicht mehr ausschließen wollen. Meistens tritt der Politiker dann am nächsten Tag zurück, und sei es auch nur, weil meine Frau mal 100-Meter-Hürden-Landesmeisterin war und ihn auch noch lässig nach seinen Rücktrittsabsichten befragen könnte, wenn er mit einem Motorrad im Kavaliersstart aus der Villen-Einfahrt seiner Geliebten oder eines Mafiabosses oder eines geliebten Mafiabosses geschossen käme.

Aber dann war eines Tages – ich wollte gerade in einer unbezähmbaren Aufwallung sudetendeutscher Abstammungsgefühle Pflaumenknödel machen – das Mehl alle, und ich stand mit triefenden Teighänden in der Küche. Ich sagte meiner Frau, dass sie sich mal bei Nachbars was borgen solle. Meine Frau aber wollte nicht. Sie sagte, dass sie hier gerade so schön sitze und sich mit mir unterhalte, und deswegen solle ich mal gehen. Nachdem ich bei der Nachbarin Sturm geklingelt hatte, weil ich wegen der teigigen Hände nur die Stirn gehabt hatte, den Knopf auf Nimmerwiedersehen ins Klingelbrett zu drücken, und mit der Mehldose in den Zähnen zurückgekehrt war, fiel mir auf, dass die Begründung meiner Frau nicht allen Anforderungen an einen guten Grund in einer freien Gesellschaft genügte. Schließlich konnte sie sich kaum mit ihrem Mann unterhalten, wenn er fort war. (Obschon alte Frauen auf dem Friedhof damit kein Problem zu haben scheinen.) War meine Frau faul? Kaum glaubhaft, denn meine Frau «entspannt» gerne bei körperlich ruinösen Tätigkeiten wie Deckenstuckabwaschen oder Dielenschleifen. (Außerdem: Wenn meine Frau faul ist, was bin ich dann?) Es musste also noch einen tiefer liegenden Grund geben. Ich knetete eine Weile skeptisch meine Knödel und entschied mich dann aber, den wirklichen Grund nicht weiter ergründen zu wollen. Partnerschaften profitieren ja doch von einem gewissen Nichtwissenwollen. Bei genügend Ignoranz geht man jeden Abend mit einer Fremden ins Bett. Da kann man nicht meckern. Aber auch bloße Freundschaften gedeihen unausgeforscht besser. Einmal habe ich eine Freundin meiner Frau auf offener Straße einen Mann küssen sehen, der groß und schwarzhaarig und also nicht der ihre, kleine, dicke, blonde war. Und wir sprechen hier nicht von so einem Küsschen mit spitzen Lippen, sondern von volle Pulle Knutschen, also etwas, das so aussieht, als wolle man sich gegenseitig aufessen. Ich wollte erst hingehen und was sagen, aber da die Freundin meiner Frau ein bisschen hochbegabt und von einschüchternder Geistesgegenwart ist, wäre es durchaus möglich gewesen, dass sie behauptet hätte, dies sei doch ihr Mann. Ich wäre dann nach einigen Wortgefechten von beherzten Sanitätern ins Irrenhaus gebracht worden. Niemandem wäre geholfen gewesen, aber ich hätte ab dann vor jeder Mahlzeit kleine rosa Tabletten nehmen müssen. Vielleicht war es ja wirklich nur ein Kollege, und das wilde Knutschen gehörte irgendwie zur Corporate Identity.

Eines weiteren Tages aber verfuhr ich mich mit meiner Familie in einer fremden Stadt. «Frag doch jetzt endlich mal jemanden von den Eingeborenen, wo diese bescheuerte Max-Plankton-Straße ist!», herrschte ich meine Frau mit aller noch verfügbaren Liebenswürdigkeit an, doch meine Frau sagte, ich hätte es doch wahrscheinlich gleich gefunden und es lohne nicht, jetzt noch Leute zu belästigen. Da wir schon eine Weile im Kreisverkehr herumtrudelten, blieb mir nichts übrig, als den Sohn auf der Rückbank hinzuzuziehen, der, ganz Spross meiner Lenden, sofort eine Oma herankommandierte, alle relevanten Auskünfte aus ihr heraussaugte und sie obendrein noch unaufgefordert mit allerlei schwer einsortierbaren Kurznachrichten über die schlimmen Klassenstrolche Paddrick und Friedrich-Wilhelm sowie den Liebreiz der Pubi-Granate Charlene zuschüttete.

«Aber irgendein Kontaktding hast du doch», drang ich hernach in meine Frau, die zufrieden auf dem Beifahrersitz lümmelte. «Ich bin teilschüchtern!», gestand sie endlich. Beruflicherseits lehnte sie es ab, sich von ihrer Schüchternheit einschüchtern zu lassen, aber in der Freizeit gab sie sich ihrer Schüchternheit hin, wie andere sich ein Bad einlassen. Mir wurde in etwa so mulmig zumute wie dem Boden in meinem Aquarium. Fragmentarische Handicaps wie die erst mal harmlos wirkende Teilschüchternheit sind nicht witzig, wenn man so wie wir ein herausforderndes Leben zu absolvieren hat. So können sich afghanische Warlords, die einem gerade aufs Lösegeldversprechen die knorrige Pranke zum Einschlag hinhalten, nochmal in Richtung Vierteilung umentscheiden, wenn die Frau ihr Händchen trotzig hinterm Rücken verbirgt. Aber ich hätte es wissen können.

Skurrile Teilschüchternheiten sind in der Familie meiner Frau an der Tagesordnung. Tante Ruth zum Beispiel hält aus dem Kopf Vorlesungen vor Hunderten Studenten, möchte aber bei Familienfesten nicht fotografiert werden. Sobald jemand einen Fotoapparat oder ein Fotohandy zückt, schreit Tante Ruth sofort: «Ich möchte bitte nicht aufs Bild!» Als Grund führt Tante Ruth an, dass sie auf Fotos immer so furchtbar aussieht. Das stimmt zwar, aber es ist auch ihre eigene Schuld. Denn meistens versucht Tante Ruth, im letzten Augenblick aus dem Bild zu flüchten. Auf den Bildern gucken dann immer alle fröhlich in die Kamera, während am Rand noch ein halbes, unscharfes Frauengesicht mit drei viertel geschlossenen Lidern und offenstehendem Mund mit drauf ist. Dadurch sieht sie leider nie aus wie die preisgekrönte Naturwissenschaftlerin, die sie ist, sondern eher wie etwas, womit preisgekrönte Naturwissenschaftlerinnen ihre preisgekrönten Experimente machen. Niemand konnte es ihr bislang ausreden.

Vielleicht ist sie ja auch gar nicht Tante Ruth, sondern «M», die berühmte unbekannte Chefin des Geheimdienstes Ihrer Majestät, die zur Tarnung Onkel Dieter geheiratet hat und jetzt in einer Dreieinhalbzimmerwohnung in Berlin-Marzahn lebt. Da findet sie natürlich nicht mal der Mossad, denn Aufträge wie «Checken Sie die Wohnkomplexe II–VI in Berlin-Marzahn! Ihr Dienstfahrzeug ist die Straßenbahn!» werden im Agentenmilieu mit spontanen Selbstverstümmelungen und massenhaften Überläufen zum nächstbesten Geheimdienst beantwortet. Jedenfalls würde die Tatsache, dass Tante Ruth in Wirklichkeit «M» ist, am besten erklären, warum sie nicht fotografiert werden will.

Die andere Erklärung ist, dass sie sich in den vergangenen 53 Jahren ihres Lebens noch nicht dran gewöhnt hat, wie sie wirklich aussieht. Das ist ein schmerzhafter Prozess, den jeder zivilisierte Mensch mal durchmachen muss. Viele von uns sind ja innen drin immer noch 18 Jahre oder gertenschlank oder dünken sich mit sonst was für filmreifen Eigenschaften ausgestattet.

Ich zum Beispiel hörte mich lange Zeit meiner Jugend mit einer sonoren Robert-De-Niro-Stimme sprechen, was aber eine perfide Innenohr-Täuschung war. Ich weiß nicht mehr, wie viele Mädchen ich mit dem Bewusstsein angesprochen habe, eine unwiderstehliche Stimme zu haben. Wenn ich gewusst hätte, dass ich tatsächlich in etwa so nasal klinge wie Bob Dylan in einem Helium-Ballon, hätte ich mir etliche Bagger-Sprüche an Discothekentheken vermutlich verkniffen. So aber drehte ich mich vor zwanzig Jahren lässig zu einer wallehaarigen Brünetten ein, der gerade die Freundin weggetanzt worden war, und sprach, meines Näselns unbewusst: «Du fragst dich bestimmt, ob heute noch was läuft, und soll ich dir was sagen? Die Antwort steht vor dir!» Die Schöne sah mich einmal von unten nach oben an und sagte dann: «Hätte nicht gedacht, dass die Antwort so kurz ausfällt.»

Ich unterdrückte den Reflex, heulend wegzurennen, und erkundigte mich nach ihren Trinkwünschen. «Schüchtern bist du aber nicht gerade», meinte die Brünette und warf zur Ermunterung ihr Wallehaar über die starke Schulter. «Bei uns ist niemand schüchtern», erklärte ich. «Wahrscheinlich sind meine schüchternen Vorfahren mal alle von den Schweden im Dreißigjährigen Krieg niedergebrannt worden, als sie sich trotz mehrmaliger Ermahnung vor Schüchternheit nicht aus der Hütte trauten.»

KAMPF UMS PUSCHELDIADEM Goethe hatte Übergewicht. Er war sogar fett. Na und? Ich sollte das alles relaxter angehen. Aber so saß ich brav im Fitnesscenter hinter der Rudermaschine, um meinen Latissimus zu verbreitern, als eine schlafäugige Brünette mit unglaublich gepflegten Fingernägeln schräg vor mir in der Abduktorenpresse Platz nahm, um ihre Reithosen etwas einzubügeln.

Ich frage mich manchmal, ob Fitnessraumplaner alle beisammenhaben. Wie auch immer: Ich zog an, sie grätschte. Das Gewicht in der Rudermaschine knallte nach oben, als wär's der Hau-den-Lukas auf dem Oktoberfest. Ich zog wieder an, die Brünette grätschte mit orientalischem Augenaufschlag artig mit. Etwas berückt von der hampelmanngleichen Synchronizität, zog ich schneller, was zu meiner Überraschung nur bewirkte, dass mein schlafäugiges Gegenüber mit einem, hier in dieser Kürze nicht annähernd wiederzugebenden Atemlaut im Tempo zulegte. In den folgenden zwei Minuten ruderte ich, in eine Menge Testosteron getunkt, die ausgereicht hätte, um Deutschlands Reproduktionsrate weit vor Uganda zu platzieren. Dann, bei einer besonders beachtlichen Grätsche, passierte es. Meine Bandscheibe schnipste heraus wie ein Roulettechip. Fremde schoben mich auf meinem Fahrrad heim. Und am Nachmittag erwarteten wir acht Vierjährige zu den Chaostagen in unserer Wohnung.

Schon für einen gesunden Erwachsenen ist ein Kleinkindergeburtstag ein hochgradig angstbesetztes Ereignis, für einen zum Krüppel trainierten Vater aber eigentlich ein Grund zur Republikflucht, was ja aber schon länger nicht mehr im Angebot ist.

Da meine Frau den Küchendienst für sich reklamiert hatte, humpelte ich mit blockierter Hüfte in die Diele, um die Spielmaßnahmen durchzuführen. Im Nachhinein ist einzuschätzen, dass die Idee mit dem Topfschlagen nicht so gut war. Denn als die im fünften Lebensjahr willkommen geheißene Jubilarin Trollprinzess beim Topfschlagen das einzige Plastikperlenglitzerpuscheldiadem aus dem Preisesack gewonnen hatte, stellte sich heraus, dass die sonst noch umzutopfenden Rolltröten, Buntstifte und Bonbons a) «total blöd» waren und ich sie b) «behalten» könne. Über diesen Erörterungen entging mir, dass zwei der kleinen Gäste einen dritten bereits wieder mit dem Tuch verdunkelt und zur Desorientierung so lange im Kreis gedreht hatten, bis er seine wenigstens zehn Mini-Windbeutel wieder übergab.

Die nächste Probandin war dementsprechend gewarnt, und als ihr das Tuch zu fest aufs Auge gebunden schien, schlug sie Hannes Dinkelkeks mit dem Holzlöffel derart aufs Ohr, dass sich die Welt um ihn herum in ein mehrstündiges Piepsen hüllte. Damit erübrigte sich auch seine Teilnahme am Stuhltanz nach Musik, aus dem sich nacheinander allerdings auch Heulsuse, Plärinette, Schluchzine und Anna-Flenna verabschieden mussten. Der Sieger im Stuhltanz hingegen hielt bei näherem Hinsehen schließlich ein Haarbüschel in der Hand, aus dem man gut und gern einen Rasierpinsel hätte basteln können und dessen Herkunft nicht mehr aufgeklärt werden konnte, weil schon die ersten Eltern wieder klingelten. «Na, war's schön?», erkundigte man sich und «Jaaaaaa!» schrien alle begeistert. Ich schloss die Tür und kroch ins Bad zur Rheumasalbe.

DIR WERD ICH HELFEN, FREUNDCHEN Wenn ich was sehe, denk ich mir oft nichts dabei. Wo andere mit dem Finger auf der Kurzwahltaste zum Polizeirevier die Vorgänge in ihrem Argwohnviertel beäugen, gehe ich immer davon aus, dass alles schon seine rechte Bewandtnis hat, vielleicht ausgenommen den seltsamen Begriff der Bewandtnis selbst. So dachte ich mir nichts, als das Carsharing-Auto von Gevatter Dinkelkeks neben mir hielt und derselbe mir zurief, er fahre zum Ökoladen und könne uns was mitbringen. Da ich mir die Taschen schon mit Industriegemüse vollgehauen hatte, lehnte ich dankend ab.

Ich dachte mir auch nichts, als Gevatter Dinkelkeks auf dem Spielplatz vorbeischaute und meiner Tochter knuddelnderweise anbot, sie mal wieder mit Klein Hannes zusammen übers Wochenende zu nehmen, damit ihre Eltern von der Gnade des Durch- und Ausschlafens kosten könnten. Ging bloß leider nicht, weil sich die Schwiegereltern zur Quartalskontrolle angesagt hatten. Und selbst als er meiner Frau im Hof an die Wäsche gehen wollte, freilich nur, um sie aufzuhängen, fand ich nichts dabei. Nur meine Frau, die seit Jahren völlig mankellwütig jeden neuen Kriminalroman auf Profile und Indizien durchstöbert, runzelte die Stirn wie ein chinesischer Faltenhund und sprach, als Gevatter Dinkelkeks sich nach einem weiteren verdrucksten Angebot, im Urlaub unsere Katze zu gießen oder so ähnlich, entfernt hatte: «Der will doch irgendwas!»
«Was soll er schon groß wollen», bemerkte ich nix,

«die haben doch genug mit ihrem neuen Haus zu tun, wenn sie in zwei Wochen umziehen wollen!»

«Umziehen! Dem werd ich helfen!» «Allerdings, und zwar für lau und 'ne Flasche Bier!», ergänzte meine Frau. Tatsächlich hatte Gevatter Dinkelkeks im Verlauf des Hausbaus angefangen, seinen Freundeskreis beachtlich zu erweitern und funktionell zu justieren. Statt mit mir Federball zu spielen, sah man ihn öfter mit den Jungs von der Muckibude im Freihantelgehege herumhängen. Er hatte sogar jemanden aufgetan, der beim Treppenlauf im Empire State Building unter die vorderen 3000 gekommen war. Und vermutlich deswegen hatte er beim Skatspielen eine Karte hinter die eisenbeschlagene Truhe fallen lassen, die wir dann gemeinsam anheben und ins Nebenzimmer tragen mussten. Probeweise. Nicht mehr lang, und er würde mich beiläufig fragen, ob ich am Wochenende «mal kurz mit anfassen» könne, woraus dann dreiundzwanzig Touren mit einem geborgten Kombi werden würden – nebst gefüllter Waschmaschine, Klavier, einem gusseisernen Schreibtisch von Uropa, Kleiderschränken, einem unauseinanderbaubaren Doppelbett und Hunderten Minikisten mit staubigen Andenken und alten Zahlungsbelegen vom Dachgeschoss ins Eigenheim.

«Er ist dein Freund», grinste meine Frau. «Möbelpack schlägt sich, Möbelpack verträgt sich», antwortete ich, während hinter meiner finsteren Stirn ein Plan reifte. So war Gevatter Dinkelkeks äußerst überrascht, als ich ihm beim nächsten Kaffeetrinken wegen unüberbrückbarer Differenzen in der Frage der Verwendung von Zuckeraustauschstoffen in Kindersäften die Freundschaft kündigte und nicht mehr ansprechbar im Arbeitszimmer verschwand. Wenn sie umgezogen sind, rufe ich mal an und entschuldige mich. Wieder Freunde? Na klar.

PAROLE PASSWORT Es sah aus wie eine Installation. Der Mann stand am EC-Automaten vornübergebeugt und hielt die linke Hand vorschriftsgemäß blickschützend vor die Tastatur. Aber er tat nichts. Und das schon eine Weile. Außenstehende hätten denken können, dass der Mann ein reumütiger Schulversager war, der sich endlich mal die Grundzahlen von 0–9 einprägen wollte. Aber ich war kein Außenstehender, denn der Mann war ich. Ich hatte meine PIN vergessen. Mitten auf dem Weg über die Eselsbrücke war es passiert. Eigentlich war ja nur die Quersumme aus dem Geburtsdatum von Papst Johannes XXIII. von der Postleitzahl Schwäbisch Gmünds abzuziehen und dann durch die Taillengröße meiner Tante zu dividieren, und am Ende war noch irgendwo eine Zwei oder so was Ähnliches einzusetzen – und das war's schon, aber diesmal schwiegen die Synapsen.

Ich überlegte, ob diese Notsituation nicht die vorübergehende Aufhebung des Folterverbots rechtfertigen würde. So könnte der Wachschutzmann des Einkaufscenters vor Gericht ganz gelassen angeben: «Der Kunde hatte seine Geheimnummer vergessen. Er bat uns, ihn so lange zu foltern, bis er den Code wieder rausrückt. Wenn man bedenkt, dass die vergessene PIN auf Schläge und Tritte überhaupt nicht reagierte und dass die improvisierte Streckbank zu rein gar nichts führte und erst der von den Kollegen Wiedemann und Ehlers selbstgebraute Schwedische Trunk die Geheimzahl wieder zum Vorschein brachte, dann kann man wohl sagen, dass der Kunde von allein nicht wieder drauf gekommen wäre!»

Das Passwortunwesen muss ein Ende haben. Schon heute schleppt jede Oma vom Lande einen kryptologischen Apparat von lauter noch vor dem Lesen zu verbrennenden Geheimcodes und stochastisch anspruchsvollen Hexadezimalschlüsseln mit sich herum, gegen den die Verschlüsselungsabteilung des rumänischen Geheimdienstes wie eine Gurkentruppe von Abc-Monstern aus der Sesamstraße ausschaut.

Bei einem noch moderneren Menschen wie mir nimmt der Schutz der Privatsphäre mittlerweile so viel Zeit und Kraft in Anspruch, dass für die Privatsphäre selbst keine mehr übrig bleibt. Überhaupt sind die ganzen Ratschläge, Geheimnummern für Dritte unauffindbar an sicheren Orten aufzubewahren, nur als zynisch zu bewerten. Es gibt in einer Wohnung mit zwei nicht vorgeschädigten Kindern absolut keine sicheren Orte, sondern nur sichere Zeiten, nämlich, wenn die Kinder außer Haus sind. Außerdem macht man sich durch den Schutz der Privatsphäre beim eigenen Weib nur verdächtig. Die Bundesregierung mag ja einen gewissen Datenschutz beim Individuum zähneknirschend ertragen, Ehefrauen hingegen bestehen strikt auf dem gläsernen Partner.

Dieses wissend, hatte ich meiner Frau schon vor langer Zeit alle E-Mail-Kennwörter als Liebesgabe ins Ohr geflüstert und sah mich deshalb am nämlichen Tage der barschen Frage ausgesetzt: «Wer bitte schön ist Susi3756@web.de?» Da «Keine Ahnung!» die falsche Antwort war, musste ich die Liebste mit dem Hinweis beruhigen, ich hätte mir den Klarnamen der Kollegin auf irgendeinen Zettel notiert, der vermutlich nun als Lesezeichen in irgendeinem Buch stecke. Zwei Tage später waren wir wieder ein Liebespaar und meine Bibliothek abgestaubt und alphabetisch geordnet.

WIE EINE FEUERSBRUNST Als ich nach langer, langer Zeit beim Abendbrot wieder einmal meinen Blick schweifen ließ, fiel mir ein junger Schlaks am Tisch ins Auge, der mit ungewöhnlich langen Armen und knochigem Gelenk und einer riesigen Hand nach dem gesamten Kochschinken griff und ihn sich zur Gänze in den Mund schob. Der Schlaks hatte mittellanges fettiges Haar und ein paar blühende Pickel auf der kurzen Nase. «Dein Haar fettet aber ziemlich schnell», sprach ich ihn kühn an. «Yo, Men», antwortete der Schlaks und kaute ungerührt. «Es sind Pickel auf deiner Nase», erforschte ich ihn weiter. «Yeap, Daddy», brummte der Schlaks. Dann goss er sich noch zwei Liter Eistee in den Schlund, und zwar ohne zwischendurch zu schlucken. «Ich mach mal los», sagte der Schlaks und verschwand im Badezimmer, das hörbar verriegelt und dessen Verriegelung noch einmal hörbar auf seine tatsächliche Verriegeltheit überprüft wurde.

Ich guckte meine Frau fragend an, und meine Frau nickte nur vielsagend. «Ich bin noch nicht so weit», klagte ich übergangslos, «sag ihm, dass wir beide beruflich sehr eingespannt sind und dass deswegen seine Geschlechtsreife um mindestens ein Jahr verschoben werden muss. Vorfreude, schönste Freude.» «Du musst ihn aufklären», mahnte meine Frau, «sag ihm einfach, was da geschieht und wie wunderschön das ist!» Ich warf mein Gesicht in die dazu bereitgehaltenen Hände und schluchzte: «Es war nicht wunderschön! Es war entsetzlich!»

Meine eigene Pubertät wird heute noch in meiner Heimatstadt in einem Atemzug mit der großen Feuersbrunst von 1614, dem Busunglück am Eisenbahnübergang und anderen großen Katastrophen genannt, hier allerdings, ohne dass sich jemand daran im Einzelnen erinnern möchte. Zu Recht. Bei meinem ersten künstlich erzeugten, nichtsdestotrotz dann aber doch sehr überraschenden Samenerguss bin ich weggeknickt und habe mir am Couchtisch beinahe die Kniescheibe zertrümmert. (Abgesehen davon, dass sich das dazu benutzte Buch mit den erotischen Kupferstichen nie wieder an dieser Stelle öffnen ließ.) Beim ersten Küssen mit volle Pulle Zunge erlitt die dafür eigentlich sorgfältig ausgewählte Probandin einen Brechanfall. Beim um ein Haar ertappten Mathe-Nachhilfe-Nachmittagssex verwechselten die von mir hochverehrte Klassenbeste und ich in der Eile das Unterzeug, was ich allerdings erst später im Beisein unsensibler Kameraden im Umkleideraum des Sportclubs bemerkte und was für eine beträchtliche Zeit meiner Jugend jedem Kontaktanbahnungsgespräch in der Disco immer dasselbe öde Schema vorgab («Du bist Stefan Schwarz? Der mit dem Mädchenschlüpfer?»).

Gut, ich habe es überlebt. Aber was soll ich davon meinem Sohn weitergeben? Und vor allem, wie und wann? Beim Angeln? («Tja, mein Jung, halt du jetzt mal die Rute …») Beim Abwaschen? («Weißt du, es gibt nicht nur Spülmittel, sondern äh …») Und warum muss das eigentlich der Vater machen? Reicht nicht der Schwiegervater? «Hat eigentlich dein Vater dich aufgeklärt?», fragte meine Frau. «Ich glaube, er wollte, obwohl, aber, nein, hat er nicht», antwortete ich zögernd. Meine Frau strich vorbei und klatschte mir auf den Gluteus maximus. «Vielleicht macht er's ja noch», tröstete sie mich.

DIE HUSSEN KOMMEN «Die Frau wird schon ihre Gründe haben!», flüsterte die Nachbarin ihrem Mann zu, nachdem sie, mir kurz und heuchlerisch zunickend, auf der Treppe vorbeigekommen waren. Ich stand vor meiner Wohnungstür, und hinter der Wohnungstür stand – für alle durchs Glasfenster sichtbar – ein Schrank. «Schaaatz?» Keine Antwort. Ich rekapitulierte kurz mein Sündenregister. Konnte aber – wie immer – nichts finden. Aber das will nichts heißen. Frauen neigen zum Anstauen. Sagen Jahre nix, lächeln friedlich, und plötzlich sindse weg, und man erfährt erst vom Scheidungsanwalt, dass «Ihre klappernden Hausschuhe meine Mandantin in den Wahnsinn getrieben haben, dass sie es nicht länger ertrug, wie Sie überall Ihre Taschentücher in die Sofaecken knüllten, und dass Ihre Art und Weise, an der Wurst zu riechen, bevor Sie sie aufs Brot tun, verständlicherweise den rasenden Hass nicht nur meiner Mandantin, sondern aller zivilisierten Menschen hervorrufen muss».

Endlich bewegte sich der Schrank von der Tür, und meine Frau öffnete mir einen Spalt. «Du wirst staunen», frohlockte sie und zog mich hinein. Mein Staunen war von der Ratlosigkeit eines eben erwachten Komapatienten nicht zu unterscheiden. Meine Frau hatte alles umgeräumt. Nichts stand mehr an seinem alten Platz. Nur den Kamin hatte sie verschont. «Wie findest du das? Ich habe das Wohnzimmer in drei verschiedene Funktionsbereiche aufgeteilt.» «Ist auch einer dabei, wo man ungestört heulen kann? Ich wollte doch nur nach Hause!», sagte ich kläglich.

Meine Frau war in den eigenen vier Wänden umgezogen. Und zwar nicht zum ersten Mal. Im Zeitraffer gesehen, geht es in unserer Wohnung zu wie in einem Würfelbecher. Ich blicke mich beim Hinsetzen schon immer vorher um, ob der Stuhl noch da ist oder nicht doch kurzfristig hinter meinem Rücken umarrangiert wurde. Das ist möglicherweise auch der Grund, warum Männer so gerne zur See fahren. Da ist alles festgeschraubt! Und wahrscheinlich verdanken wir es nur der Dominanz von Männern im Museumsbereich, dass es überhaupt noch beständige Einrichtungen gibt und von der Cheopspyramide nicht zigtausend Farbschichten von Mintgrün bis Altrosa blättern oder Lenin in seinem Mausoleum quartalsweise auch mal hochkant oder nur lose als Accessoire über irgendeinen Marmorsockel geworfen («drapiert») die Anbetung der Besucher empfängt.

«Mach es dir bequem. Ich hab neue Überzüge gekauft», lockte das Weib mich in die umgruppierte Sitzgruppe. Wir saßen eine Weile erneuert im frischen Stoff. Aber irgendwas stimmte nicht. «Dein gestreiftes Hemd passt nicht so recht zu den Hussen. Würde es dir was ausmachen, einen Pullover anzuziehen?» Ich ging so fort und kam anders wieder. Meine Frau runzelte noch tiefer die Stirn. «Es lag nicht am Hemd. Tut mir leid. Es ist irgendwie …» «Du meinst, man kann mich nicht mit jedem x-beliebigen Möbelstoff kombinieren?» «Ich wollte es so nicht sagen.» «Möchtest du lieber einen anderen Mann für dein Wohnzimmer?» «Nee, ich räum einfach nochmal ein bisschen um. Ich hab da noch so ein paar Ideen», sagte meine Frau, und die Leute von der Hussenmafia konnten sich schon mal die Hände reiben.

DIE WELT IM KLEINEN Manchmal, wenn ich Staub sauge, macht der Staubsauger schlurps und dann flupp. Manchmal zutscht es auch ein bisschen zäh, klingelt kurz im Ansaugrohr und macht dann erst flupp. Ist aber egal, weil es jedes Mal dasselbe bedeutet. Der Staubsauger hat ein Kleinteil verschluckt. Pah! Irgendwelche unbedeutenden Details! Ab damit!, mag jetzt ein junger Taugenichts schulterzuckend denken, aber der junge Taugenichts schließt hier vorschnell von sich auf andere: Es gibt keine unbedeutenden Kleinteile. Kleinteile werden mitnichten aus Jux hergestellt, um irgendwo frei nach Schnauze angeschraubt zu werden und dann endlich abzufallen, auf dass sie ein Staubsauger aufschlürfe. Kleinteile sind absolut unverzichtbar! Sie halten die Welt im Innersten zusammen!! Ohne Kleinteile ist alles nur Schrott!!!

«Besinne dich, Mann!», ruft jetzt meine Frau vom Mittagstisch aus, während ich mich mit der Geflügelschere, der diese winzige Aufspannfeder fehlt, im Hähnchenbrustbein festgewürgt habe. Die Kinder und Verwandten starren entsetzt auf mein Ringen, aber es ist noch nicht vorbei. Sie müssen auch noch Zeuge werden, wie ich, alles von mir werfend, in die Abstellkammer eile, den Stausaugerbeutel HDC 67-A (i) (Beutel ohne das (i) passen nicht, aber bevor Ihnen diese Nuance geläufig ist, kennen Sie alle Elektrotechnikhändler der Umgebung) aus dem Staubsauger reiße und mit spitzen Fingern in den Flusen herumwühle, schließlich die Nerven verliere und ihn auf dem Tisch auskippe …

Es wäre also gut, wenn man auf herumliegende Kleinteile achtet. Allein, Kleinteile geben sich nicht zu erkennen. Niemand hebt sie auf und ruft: Ah, der konvexe Plastikgussschraubenblockeinsatz für die Spannverstrebungen meines Küchenstuhls. Das erfahren Sie erst vom kriminaltechnischen Dienst, der zusammen mit den Sonderagenten der Haftpflichtversicherung die zerbröselten Teile des Sitzmöbels zu rekonstruieren versucht, während daneben der Arzt Ihren auf dem Rücken liegenden Schwiegervater abfühlt und dabei mit sanfter Stimme von den vielen schönen Dingen erzählt, die Patienten mit derart multiplen Beckenbrüchen noch erleben können («stimmengesteuerte Betthöhenverstellung, Nahrungssonden, die mit den Augen aktiviert werden, was glauben Sie, was es alles gibt»).

Was macht man also, wenn man ein Kleinteil findet, bevor der Staubsauger es inhalieren konnte. Man sammelt es! Ich habe auf meinem Schreibtisch in einer extra Schale eine der bedeutendsten europäischen Kleinteilsammlungen von 1985–2005. Kleine Muffen, Überwurfringe, Schneckenräder, Stöpsel, Flügelschrauben und Konterstücke ohne Ende. Das Enervierende dabei ist, dass auch gesammelte Kleinteile nicht weniger rätselhaft sind. Selbst nach Jahren scheint niemand sie zu vermissen. Ich bin mir mittlerweile sogar sicher, dass ich sie wegschmeißen muss, um über ihre Funktion belehrt zu werden. Wahrscheinlich rollt in dem Moment, wo unten die Müllabfuhr wegfährt, die tonnenschwere Schiebetür stoppschraubenungebremst aus der Schiene, schleudert die Aquarienpumpe muffenfrei das Wasser ins Wohnzimmer und so weiter. Das ist sehr philosophisch.

«Behandle mich wie ein Kleinteil!», sagte ich

zu meiner Frau, als ich vor kurzem sehr, sehr krank war. «Jetzt lieg ich hier vielleicht nutzlos rum, aber wenn ich erst mal weg bin, wirst du sehen, dass ich ganz unverzichtbar war!»

TRÄGE TRÄGERRAKETE Die Kinder sind weg, und meine Exkollegin wird gerade von ihrem Mann gewürgt, nachdem er zufällig auf ihr Handy geguckt hat, als es piepte. So fängt ein schöner Abend an. Ich liege, nur lose bekleidet und mit just dem Gesichtswasser erfrischt, das meine Frau am liebsten schnuppert, auf dem Lotterbett und überlege, ob es sich lohnen könnte, das Gesichtswasser noch an anderen Stellen aufzutragen. Aber dann kommt meine Frau eine Stunde zu spät. «He, wo bleibst du? Hast du meine SMS nicht bekommen?» «Welche SMS?», fragt die Erschöpfte und zerrt an ihren Stiefeln. «Erwarte dich auf dem Maträtzchen, mein Schätzchen! Habe ich dir doch gesimst!», rätsele ich und entdecke eine Sekunde später, dass ich mich bei der Handynummer vertippt habe. Na ja, egal.

Der Exkollegin gelingt es in letzter Minute, nach dem Handrührgerät zu langen und ein Ohr ihres Mannes komplett in den Quirl zu räufeln, um sich zu retten, aber unsere Kinder sind weg und kommen erst morgen wieder. Verkauft. Schlafen aushäusig. Wir sind frei. Das Schlafzimmer und der Mann sind vorgeheizt. «Ich kann nicht so auf Knopfdruck», lächelt meine Frau milde. «Ich muss erst mal den Kopf frei kriegen.»

Im Kopf meiner Frau ist viel drin. Das kann dauern. Und es dauert vor allem immer länger. Während es früher zur Not reichte, die Kindlein mit zwei auf Stangen rotierenden Tellern in den Patschehändchen verdattert in der Küche stehen zu lassen, um bis zum Austrudeln derselben die Liebste in der Rumpelkammer zufriedenzustellen, muss ich heuer bald zwei Tage vorher anfangen, meine Frau in Stimmung zu bringen. «Lass uns erst was essen gehen!», schlägt sie vor. Klingt verlockend, ist aber zum libidinösen Hochfahren in den reiferen Jahren nicht ungefährlich. Kontroverse Gesprächsthemen müssen umsteuert (und das sind nach zehn Jahren mehr, als man sich merken kann) und typisch weibliche Wahnvorstellungen prophylaktisch paralysiert werden. («Was starrst du so in die Gegend? Gefällt dir mein schulterfreies Kleid nicht? Sind es meine Oberarme? Du kannst ruhig sagen, wenn du sie zu schwammig findest!») «Wir könnten in die Sauna gehen», sage ich, aber meine Frau erinnert mich daran, dass ich nach dem letzten kinderfreien Saunabesuch beim Zähneputzen eingeschlafen bin.

Dies bringt mir bitter zu Bewusstsein, dass der trägen trägerraketenhaften Startphase berufstätiger Mehrfachmütter eine unpassend ungewisse und knallfroschhafte Kurzbereitschaft verblühender Männer gegenüber- oder eben auch nicht steht. Nachdem es über Kino-, Billard- und Tanzerwägungen zu spät für einfach alles geworden ist, legen wir uns vor den Fernseher, machen ihn aber ganz laut, weil ja kinderfrei ist und wir das unbedingt «ausnutzen» müssen. Dann endlich schnüffelt sich meine Frau zu mir: «Ist das etwa mein Herren-Lieblingsgesichtswasser?»

In der Notaufnahme des Krankenhauses wickelt unterdessen der Arzt vorsichtig den Quirl aus dem Ohr des Ehemanns meiner Exkollegin, das nun ausschaut wie eine Pfingstrose. «Solche Verformungen im Knorpelgewebe bilden sich leider nicht mehr zurück. Das ist sicher schlimm für Sie. Haben Sie eine Partnerin, die Sie jetzt unterstützen kann?»

VERMISSTENANZEIGE Als meine Frau wieder in die Küche kam, hatte sie den Hörer lässig in die Halsbeuge geklemmt und nickte hin und wieder. Wir anderen saßen beim Abendbrot und angelten uns gegenseitig die Ofenkäsefäden weg. «Oma!», verkündete ich souverän, denn ich könnte mit der Nummer «Dieser Mann behauptet, an der Telefonhaltung einer beliebigen Person zu erkennen, ob seine Mutter dran ist!» bei internationalen Zaubershows auftreten. «Mach dir keine Sorgen», sagte meine Frau zum Telefonhörer. «Is' Oma!», bestätigte der Kronsohn, der mir mit der Nummer «Dieser Junge behauptet, an den Antworten einer beliebigen Person am Telefon usw.» dabei Konkurrenz machen könnte. «Deine Mutter!», sagte meine Frau erwartungsgemäß und gab mir den Hörer.

«Ich mache mir solche Sorgen, Junge!», sagte meine Mutter. Ich entstamme einer alten Sorgenmacherfamilie, in der Optimismus als eine geduldete Form des Hirnschadens angesehen wird und man selbst nur als normal entwickelt gilt, wenn man sich wenigstens einmal am Tag bang die Frage stellt, wohin das alles führen soll, wenn jetzt auch noch die Leute in Asien Autos fahren wollen und die Tierarten alle aussterben und dauernd Krieg ist, und ob der Stromausfall in weiten Teilen Europas nur ein Vorbote von was noch viel, viel Schlimmerem ist.

Diesmal aber war die Sorge meiner Mutter konkret. «Dein Vater will wegen einem Termin nach Berlin! Mit dem Zug! Allein!» Da ich bis dahin noch keinen Laut des

Entsetzens geäußert hatte, seufzte meine Mutter, so tief sie konnte, und fügte an: «Und ohne Hosenträger!» Mein Vater weigert sich seit Jahren in einer an religiösen Fanatismus grenzenden, ästhetischen Einzelentscheidung, Hosenträger anzulegen, was dazu führt, dass ihm die Hosen bequemer hängen als bei extrem entspannten Rollbrettfahrern und Betäubungsmittelinhalierern. Meine Mutter hatte recht, wenn sie sich sorgte, dass ihm seine Hose beim Hasten nach dem Anschlusszug ganz herunterrutschen könne und er gezwungen sein würde, nur noch im Trippelschritt russischer Folkloretänzerinnen über den Bahnsteig zu driften. «Nimmt er halt den nächsten Zug. Muss er sich mal an den Servicepoint wenden!», kehrte ich den polyglotten Vielfahrer heraus.

«Er fragt doch nie nach dem Weg.» Das stimmt. Mein Vater ist berühmt dafür, ohne zu fragen, irgendwo reinzugehen, um zu gucken, ob er richtig ist, und es würde mich absolut nicht wundern, wenn ich in der «Tagesschau» beim Weltpressetermin des deutsch-russischen Gipfeltreffens plötzlich einen mir gut bekannten Rentner mit Beutel, rutschender Kordhose und einer zu kleinen Mütze zwischen Frau Merkel und Herrn Putin auftauchen sehen würde, der sich umschaut, den Kopf schüttelt und mit einem gebrummelten «Hier ist es auch nicht» wieder hinter den Nationalflaggen verschwindet. Natürlich nicht, ohne eine der Fahnen umzureißen, sie notdürftig wieder hinzustellen und dabei zu schnaufen: «So bringt man das ja auch nicht an!»

Nachdem wir noch eine Weile das Ausgeraubtwerden, das Stürzen in die Zug-Gleis-Spalte und das ungewollte Mitreisen auf einer unglücklich verriegelten Zugtoilette des Transsibirien-Expresses erörtert hatten, entschieden wir, schon einen Tag vor der Reise meines Vaters eine Vermisstenanzeige aufzugeben.

AUSGEZWINKERT «Halleluja», entfuhr es mir, als ich den Preis hörte, doch weil ich mich der Pensionsbesitzerin nicht als jemand zu erkennen geben wollte, dessen Gefühlsbewegungen einzig von Geldbewegungen ausgelöst werden, schob ich noch ein salbungsvolles «Gelobt sei Jesus Christus, der unserer lieben Katze zwei wunderschöne Wochen in Ihrem Heim bescherte» nach. Dann nahm ich die verlangten hundert Euro und strich sie der Katzenmutter in die feisten Finger, die etwas unsensibel «Jaja, wenn man denen ab und zu ein paar überbrät, dann spuren sie wieder» dazu schnaufte. «Für den Preis hätten wir drei neue Katzen nach dem Urlaub bekommen», sagte ich zu meiner Frau im Auto, die verliebt mit dem schwarzen Feger um die Wette schnurrte. «Und zwar mit Impfpass!»

Da meine Frau lieber schweigt, wenn sie nicht meiner Meinung ist (ein Grund, warum es bei uns daheim immer so ruhig ist), setzte ich noch ein provozierendes «Aber in puncto Viehzeug bist du wie dein Vater, der kommt ja auch beim Spaziergang vor lauter Tierestreicheln nicht in die Höhe!» hinterher. Ein strenger Seitenblick mit Räuspern erreichte mich, der ich selbst unlängst einen Waffenstillstand für Elternvergleiche erwirkt hatte. Zu Recht, denn meiner Frau zufolge sehe ich mit über 73 Kilogramm Körpergewicht aus wie mein Vati, unter 68 Kilogramm dann allerdings wieder wie meine Mutti, was mir für das Dasein als eigenständige Persönlichkeit dann doch einen sehr geringen Spielraum lässt und bedeuten würde, dass ich mich bei einer schweren Magen-Darm-Grippe als mein Vater ins Krankenbett lege, um als meine Mutter wieder aufzustehen.

Die Katze Minka jedenfalls feierte ihre Heimkehr ausgiebig krallenkratzend an der Sofaecke, die schon länger nicht mehr von einem fetzenbehangenen Holzgestell zu unterscheiden ist. Aber offenbar war das Heimweh damit nicht gestillt, denn als wir zur Nacht die Schlafzimmertür hinter uns schlossen, mauzte Minka so erbärmlich, dass meine Frau sie gegen meine ehernen Katzenhaltungsgrundsätze hereinließ. Ein Fehler. Bekanntermaßen wirkt die Gegenwart von Katzen entspannend, und überraschenderweise erstreckte sich diese Wirkung auch auf mein zuständiges Organ. «Ich kann nicht, wenn die verdammte Katze zuguckt», sagte ich zu meiner Frau. «Und ich kann nicht, wenn sie draußen an der Tür rumjammert», erwiderte die Erregendste. Ich versuchte noch einmal, mich für meine Frau zu begeistern. Umsonst. «Du solltest es als Journalist gewohnt sein, in der Öffentlichkeit … zu stehen», mahnte meine Frau ungeduldig.

«Aber die Katze starrt mich an, als ob sie wüsste, was wir hier machen», flüsterte ich. «Vor den Fischen im Aquarium hast du letztens keine Hemmungen gehabt!», schalt mich die Frau, und ich unternahm einen letzten Versuch. Doch dann geschah es.

Als ich mich fast schon im Stande vollendeter Manneskraft noch einmal vorsichtig umwandte, zwinkerte mir die Katze zu. Es war vorbei. Ich würde nie wieder Sex haben. Beim nächsten Umdrehen würde sie vielleicht mit der Zunge schnalzen oder durch die Zähne pfeifen. Ein Leben jenseits der Leibesfreude erwartete mich, einzig der Dichtkunst oder dem Anlegen von Herbarien gewidmet, bis meine Frau am nächsten Tag kam und sagte: «Ich war eben mit Minka beim Tierarzt. Sie hat sich in der Pension eine Bindehautentzündung geholt. Das eine Auge war schon ganz verklebt.»

SCHNURREN UND SCHRAMMEN – WER WILL DAS VERDAMMEN Die Frau hat Arbeit. Gottlob. Die Kinder sind in den staatlichen Einrichtungen. Die alten Eltern verlangen weder Beratung noch Zuspruch. Jetzt die Tür schließen. Das eitle Getriebe der Welt hinter sich lassen. Wundervoll. Erst mal Nasebohren, und zwar richtig. Ich bezweifle ja, dass man ohne Nasebohren ein gesundes Leben führen kann. Es muss an dieser Stelle jemand einmal den Mut haben, es auszusprechen: Es gibt einfach Dinge in unseren Nasen, die kann man nicht schnauben. Überhaupt werde ich jetzt an Haltung einbüßen. Wozu gibt es Privatheit, wenn man sich nicht einmal zu Hause danebenbenehmen kann? Ohne Körperspannung in den Sitz sinken. Volle Pulle rumhängen. Mit ganz schädlichem Rundrücken bis knapp vorm Bandscheibenvorfall am Computer lungern. Und die Krankenkasse weiß nichts davon. Hahaha. So macht Leben Spaß.

Aber nicht lange: Miau. Miaumiau. Mihiau. Es ist Minka, die schwarze Katze mit dem weißen Unterfell. (Ich denke, sie war mal ganz weiß. Wurde dann aber umgespritzt, weil weiße Katzen gerade nicht liefen.) Also Tür wieder öffnen. Katze reinlassen. Katze springt auf den Tisch. Katze reibt Kopf an meiner Schulter. Katze will schmusen. Es ist eine Schmusekatze. Viel mehr hat sie nicht drauf. Sie ist a bissel unkomplex. (Manchmal spielt sie noch mit ihrem Schwanz, aber das ist schon die einzige Gemeinsamkeit, die wir haben.) Wenn ich beim Einstellungsgespräch auf die Frage nach meinen Kernkompetenzen geantwortet hätte: «Ich kann bloß Schmusen!», wäre aber der Nächste schon dran gewesen, bevor ich das Ausrufezeichen hätte ausrufen können. Aber Katzen kommen damit durch. Hunde müssen sich den Wolf apportieren (Das ist ja der Brüller! Hab ich einfach so geschrieben. Ich lach mich schlapp!) und auf Kommando oder von selbst Opfer retten, Täter beißen und bellen, wenn sie Drogen riechen, oder sich wiederum ganz still davor hinlegen, wenn sie Sprengstoff gefunden haben. (In einer Welt voller Akustikzünder kommen Hunde, die das durcheinanderbringen, nicht mal mehr dazu, entschuldigend nach hinten zu grinsen.) Aber Katzen brauchen nur schnurrend an einem vorbeizuschrammen, und schon gibt es Fresschen satt. Aber das Schöne ist nur des Schrecklichen Anfang, wie Rilke richtig in Duino elegierte, und auch Schmusen kann Terror sein. Der Rückzug der amerikanischen Truppen aus dem Irak wäre schon durch, und zwar fluchtartig, wenn die sonst so kurzatmig um sich herum sichernden US-Patrouillen auf jedem Basar von zu allem entschlossenen Kuschelkommandos ganz lieb umarmt und gedrückt würden. Das hält niemand aus, der aufs Töten gedrillt wurde.

Auch ich, der ich aufs Faulsein gedrillt wurde, will jetzt nicht mit Katzi Bussibussi machen. Es ist früh um halb zehn in Deutschland. Die Katze verwechselt mich mit jemandem. Liege ich etwa mit frisch rasierten Beinen im seidenen Morgenmantel auf dem Designersofa und genieße eine Tasse entkoffeinierten Kaffee? Nein. Ich habe keine Bindungsprobleme oder brauche niemanden, der mich zärtlich anstupst. Ich kann mich, ehrlich gesagt, an keinen Moment in meinem Leben erinnern, wo ich zärtlich angestupst werden wollte. Ich komme gut ungestupst klar. «Ja, ja. Ich hab dich auch lieb», lüge ich routiniert und setze die Katze vom Tisch auf den Boden. Minka streicht mit gerecktem Hintern und flatterndem Schwanz um meine Beine. Wahrscheinlich werde ich jetzt mit geheimen Katzensubstanzen bedampft, die mich gefügig machen sollen. Aber bei mir ist der Kopf Herr im Haus, nicht irgendwelche Drüsen. Pech gehabt. «Los, ab jetzt! Verschwinde!», klatsche ich in die Hände. (Ach, an mir ist ein klatschender Sultan verlorengegangen. Klatsch. Klatsch. Bringt hurtig Essen und Tänzerinnen. Mir ist ein wenig fad zumute.)

Mau. Miaumiau. Jetzt will die Katze wieder raus. Also die Tür wieder aufmachen. Tür zumachen. Es ist eine verfluchte Ossi-Katze. Die jahrzehntelange Teilung Deutschlands hat sich tief in die Gene sächsischer Straßenkatzen gegraben. Erst will sie raus, dann will sie wieder rein. Dann will sie wieder raus. Hauptsache, die Zone wechseln. Man wird völlig meschugge. Bloß weil wir kein Geld ausgeben wollten, haben wir jetzt eine billige, aber ewig maulende Ossi-Katze von der städtischen Katzenausgabestelle statt eines hochpreisigen, aber eingebildet schweigenden Perserkaters. Vielleicht hat sie aber auch nur eine Abneigung gegen Zimmer, in denen sie sich selbst aufhält. Das gibt es. Miau. Miaumiau. Da ist sie wieder. Tür wieder auf. Und wie war's drüben, Ossi-Katze? Kalt und unmenschlich? Wenn man sich wenigstens mit ihr unterhalten könnte. Mit Hunden kann man sich prima unterhalten. Die gucken immer so interessiert. Klar, sind ja Rudeltiere. Wer da die Augen verleiert oder Gähnpfote macht, wenn der Alpha-Rüde was kundgibt, ist draußen. Aber Katzen gucken anders. Irgendwie verständnislos. Wahrscheinlich eine Raubtiertaktik. Feldmaus hüpft über den Weg. Plötzlich steht da eine Katze und guckt total verständnislos. Die Feldmaus, eigentlich sollte sie ja, hast du nicht gesehen, flüchten, sieht die Katze so verständnislos gucken und denkt irritiert: Ist was nicht in Ordnung mit mir? Hab ich Dreck am Schwanz? Sitzen meine Schnäuzchenhaare nicht? Die Feldmaus zeigt auf sich, aber die Katze guckt immer noch verständnislos. Hallo? Macht jemand hinter mir ulkige Zeichen? Dann dreht sich die Feldmaus langsam, unsicher um, aber darauf hat die Katze nur gewartet. Aus die Maus.

Natürlich gibt es Leute, die sich prächtig mit ihren verständnislos dreinblickenden Katzen unterhalten. Meistens sind es Singles. Einsame, arme Singles, die abends ihre Katzen fragen, warum Ernst-Rüdiger seit zwei Jahren nicht zurückruft. Mein Tipp: Wer den verständnislosen Blick von Katzen als braves Zuhören deutet, der deutet wahrscheinlich noch ganz andere Blicke falsch.

Minka sitzt mitten im Zimmer und starrt mich an. «Nicht wahr, wir verstehen uns nicht?», frage ich sie zum Test. Minka mauzt. Vielleicht hat sie Hunger. Ich gehe zum Kühlschrank. Minka bleibt im Zimmer sitzen und sieht mir verständnislos hinterher. Falsch geraten. Ich war es, der Hunger hatte.

MEIN LEBEN ALS FRANZÖSISCHES MELODRAM Ich streite selten mit meiner Frau. Und schon gar nicht gegen Abend hin, weil meine Frau sonst beim Zubettgehen frostigerweise so tut, als müsse sie aufgrund einer irrtümlichen Hotelzimmerdoppelbuchung die Nacht neben mir verbringen.

Aber wie auch immer, ich hatte mich mit meiner Frau gestritten. Es war nicht einmal eine besonders fundamentale Auseinandersetzung. Es ging darum, ob ich einmal bei einem Waldspaziergang angesichts eines plötzlichen Eichelhäher-Krächzens vor lauter Angst zusammengezuckt war, wie meine Frau behauptete, oder vorsichtshalber in eine kreuzgefährliche asiatische Zweikampfausgangsstellung gefallen sei, wie sich der einzige Sohn meiner Mutter noch genau erinnern konnte. Da meine Frau aber nicht davon ablassen wollte, mir eine memmenhafte Schreckhaftigkeit anzulästern, und die Gefahr bestand, dass sie bei nächsten Geselligkeiten die Gäste ermahnen würde, keine hektischen Bewegungen zu machen, damit ich nicht die Kirsche samt Cocktail aus dem Glas zucke, sagte ich zu ihr in einem kurzen Blackout reifer Streitkultur: «Dafür hast du eine dicke Nase!»

Nun gehören Einschätzungen zur Nasenmissgestalt von Frauen zu den am wenigsten reharmonisierenden Argumenten, und meine Frau stürzte erbost aus dem Zimmer, aus der Wohnung, aus dem Haus. Ich stürzte hinterdrein, und es gelang mir, die jeweils zufliegenden

Türen noch rechtzeitig aufzufangen, auch wenn ich die letzte nur noch mit dem Fuß stoppen konnte, wobei ich rechts wenigstens eine Schuhgröße einbüßte. Ich humpelte zurück und stritt noch eine halbe Stunde allein in der Küche auf und ab, probierte Finten und Spitzen an einer imaginären, nun aber völlig kleinlauten Gattin aus, bis ich was gefunden hatte, das ich ihr aufs Handy zetern konnte. «Und außerdem hast du beinahe angewachsene Ohrläppchen, meine Liebe!», rief ich ins Telefon, aber das Telefon sagte nur mau zu mir: «Stefan …»

Ich erstarrte. In einer Welt voller Spitz- und Kosewörter ist die Nennung des standesamtlichen Vornamens Anlässen höchster Wichtigkeit vorbehalten. «Ich bin von einem Auto angefahren worden!», sagte meine Frau.

Ich hasse es, wenn mein Leben so tut, als sei es ein französisches Melodram. Ich hasse es sogar, wenn sich ein französisches Melodram so aufführt wie ein französisches Melodram. Exakt passende, dramatische Schicksalswendungen mit durchsichtigen moralischen Reinigungseffekten sind mir ein Gräuel. Ich möchte nicht am Ende erkennen müssen, was wirklich wichtig ist. Ich möchte nicht lernen, mich an den kleinen Dingen zu freuen. Ich möchte verblendet bleiben und mich über jeden banalen Mist aufregen, wenn mir danach ist.

«Ich bin in der Notfallaufnahme», sagte meine Frau weiter, und ich fuhr durchs Blitzergewitter der städtischen 30er-Zonen ins Krankenhaus. Meine Frau lag leicht bandagiert auf der Trage. «Es gibt so vieles, was ich dir noch sagen wollte», schluchzte ich, als der Arzt neben mir erschien und von Glück im Unglück und mit ein paar Kratzern davongekommen sprach. – «Was denn …?», schluchzte meine Frau ergriffen.

«Im Wald, da hab ich überhaupt nicht vor Angst aufgeschrien. Ich hab nur blitzartig ausgeatmet. Ein Trick der japanischen Karatemeister, heißt Kiai, ein Kampfschrei. Um dich zu schützen, Schönste.»

UMBAU IM LOTTERBETT Es wird zwar in der derzeit grassierenden Geschlechterdestobesserbespaßung immer anders dargestellt, aber Männer und Frauen passen eigentlich ganz gut zusammen. So fügt sich in der natürlichen Löffelstellung der leicht gewölbte Bauch des Mannes nahtlos in den leicht entwölbten Rücken der Frau, und weiter unten dient dem weiblichen Gesäß das Mannesbecken als Gefäß. (Joa Kruzitürken, gebt's halt noch oan Versmaß her!) Das Einzige, womit Männer und Frauen nicht zusammenpassen, sind die Arme. Hier ist vor allem der von Fachleuten so bezeichnete Matratzenarm zu nennen. Hinter sich kann man ihn kaum legen, es sei denn, man gehört zu den Leuten, die dem Armauskugeln eine schlaffördernde Wirkung abgewinnen, direkt unter den Leib passt er auch nicht recht, und weil ich ihn deswegen immer aus Verzweiflung nach vorn unter den Hals meiner Frau schiebe, geschah eines Nachts dies: Als ich den Arm benutzen wollte, war er tot. Ich versuchte noch, die Finger zu bewegen, aber die Finger stellten sich taub. Langsam zog ich den Arm unter meiner Frau hervor, aber es hätte genauso gut ein Ärmel sein können. Mit dem Ruf «Ich bin gefühllos!» sprang ich auf, den abgestorbenen Ärmelarm an meiner Seite baumelnd. «Das sagen meine Schwestern schon die ganze Zeit», murmelte meine Frau in ihr Kissen. «Oh, mein Gott! Er ist tot, er ist tot!», schrie ich weiter und tastete mit dem noch am Leben gebliebenen Arm nach der Nachttischlampe. Doch diese, als hätten sich die

Ausfallerscheinungen nun auch noch auf die Dinge um mich herum ausgeweitet, ging nicht an, sondern kaputt.

Später, als mein eingeschlafener Arm sich allmählich ins Leben zurückgekribbelt hatte und die Nachbarn mit den kopfschüttelnden Herren von der Mordkommission wieder gegangen waren, sagte ich zu meiner Frau: «Die Nachttischlampe war eh hässlich!», und meine Frau antwortete: «Aber sie passte ins Ensemble.» Mit dieser Bemerkung ausreichend gewarnt, verbrachte ich den Rest der Woche im Versuch, eine Ersatzlampe zu besorgen, und tatsächlich fand ich eine, die ihr – bis auf ein winziges Detail – ähnelte. «Was ist das?», fragte meine Frau, als ich abends stolz die Lampe andrehte. «Ein Dimmer! Mit ihm kann man die Helligkeit im Schlafzimmer regulieren», erklärte ich mit einem Blick, den leider nur ich als verführerisch empfand. «Ach so?», erwiderte sie, «was gibt es denn da neuerdings zu regulieren? Bin ich schon in einem Zustand, wo der Herr mich abdunkeln muss?» Ich beteuerte sofort, dass ich bei jedweder Beleuchtung meine helle Freude an ihr hätte, aber es könne ja seine Reize haben, wenn man beim Liebesspiel je nach Lage der Dinge zwischen sportivem Flutlicht oder schmusigem Schummer wählen könne. «Nach Lage der Dinge hätte es aber auch ein Blitzlicht gemacht, mein verschmuster Sportfreund!», erinnerte mich meine Frau daran, dass ich mir im Laufe der Jahre eine wohltuende Routine in der ehelichen Zuwendung erworben hatte. «Dimm mich einfach so, wie ich bin», sprach sie und schmiss sich aus dem Bademantel direktemang aufs Lotterbett.

BÖSER VATI Ich war auch nicht der mit dem Aufessen. Niemand weiß bis heute, dass Omas Alpenveilchen nur deshalb eingegangen sind, weil ich drei gehäufte Löffel Sauerkraut im Blumentopf vergraben habe. Aber in Notwehr. Ich sollte am Tisch sitzen bleiben, bis der Teller leer ist, und es war absolut nichts anderes in Reichweite, als sich die Ahnin ahnungslos zum Geschirrspülen abwandte. «Der Herr kann nämlich, wenn er nur will», sprach die Großmutter beim Abräumen, und ich nickte im Vollbewusstsein meines gärtnerischen Könnens, denn der Blumentopf sah echt aus wie vorher. Meine Oma sprach mich immer mit «der Herr» an, was ich als Kind fälschlich für den natürlichen Respekt einer dienstbaren Kreatur hielt. («Der Herr kann jetzt seine Hose wieder anziehen. Ich hab ihm zwei Herzen auf die kaputten Knie gebügelt!»)

Diesmal aber würde ich wahrscheinlich der Unterlegene sein. Das Essverhalten der Tochter stand zur Korrektur an. Ich musste mein Herz verschließen. Pampige Pickelrotznasen, fiese Glubschaugenwänster will ja jeder gerne streng erziehen, aber bei zuckersüßen Knuddelfrätzchen wird noch beim Tritt ans Schienbein lachend bloß «Na hoppla!» gerufen. Und bei ihrer Niedlichkeit höchstselbst, der Trollprinzessin, schleifen schon seit Anbeginn derart die Zügel, dass selbst Maria Montessori vor lauter Züchtigungsphantasien ganz kurzatmig geworden wäre. «Das ess ich nicht. Das riecht wie Kacki», trotzte die Trollprinzessin vorm Kashmiri Murgh, das Vaters weltläufige Kochkunst aus einer zugegebenermaßen etwas kinderabweisenden Nelken-Ingwer-Koriander-Marinade hervorgezaubert hat.

«Es wird gegessen, basta», bade ich mich in Prinzipienfestigkeit. «Es wird nicht gegessen, basta», antwortet die Trollprinzessin. «So was sagt man aber nicht, mein Engel», zirpt die Frau, um Harmonie bemüht. «Aber Papa hat angefangen. Siehst du! Das sagt man nicht, Papa!», kontert die Trollprinzessin und streckt mir ihr Alphagirl-Gesicht mit großer Unterlippe entgegen. Unerfahrene Väter lassen jetzt mit der Faust auf den Tisch das Geschirr hopsen und verwahren sich mit Gebrüll, freilich nur, damit die Mutter ihr rotzfreches Kind gegen den zu Recht wütenden Vater in Schutz nehmen kann. Viele solcher Erziehungsversuche enden damit, dass der böse Vati im Hotel übernachtet und die siegreiche Göre eine Pizza zum Abendbrot kriegt. Aber nicht mit mir.

«Wer so klein ist, dass er das nicht essen kann, muss leider Mittagsschlaf machen!», verlagere ich die Argumentation listig auf die bewährten, weil scheinbar außerhalb der elterlichen Macht stehenden Regeln. Die Trollprinzessin grübelt. «Dann ruf ich die Polizei!», sagt mein Vorschulkind. Meine Frau kämpft neben mir am Tisch verzweifelt damit, ihr aufflackerndes Grinsen wie Ingrimm ausschauen zu lassen. «Wie ist denn die Nummer von der Polizei, mein Frollein?» (Ich fang auch schon an wie meine Oma.) Die Trollprinzessin senkt den Kopf, aber nur, um umso grimmiger hervorzublicken. «Ich weiß die Nummer, aber die sag ich dir nicht.» Jetzt lacht meine Frau los, und ich leiere ihr einen scheelen Blick hinüber.

Es ist so sinnlos. Frauen machen die Welt unregierbar. «Schatz, sag dem Papa doch die Nummer von der Polizei, dann brauchst du das nicht zu essen», verhandelt mein vom putzigen Kind ganz bezaubertes Weib alle Pädagogik zu Tode und formt auch noch lautlos die Zahlen mit den Lippen. Ich bin allein auf dem Planeten.

GOTTES TISCHFEUERWERK Bei uns wird Silvester noch seinem Namen gerecht. Langweiliger kann es beim Papst Silvester am letzten Tag des Jahres auch nicht zugegangen sein. Der ist nicht umsonst am nämlichen Datum gestorben. Vermutlich, weil wieder nix los war. Sein Sterben – ein letzter Versuch, dem Jahresausklang anno 335 doch noch etwas Pep zu verleihen. Ich kann das nachfühlen.

Denn obwohl das Jahresende auch für so ziel-, missions- und absichtslos dahinwohnende Subjekte wie mich ein beträchtliches Maß an Absehbarkeit bereithält, werde ich alljährlich so etwa Mitte Oktober von der Frage «Was macht ihr eigentlich Silvester?» komplett geplättet und um mein selbstbestimmtes Silvester gebracht. Sehr weit vorausplanende Menschen stellen diese Frage sehr weit im Voraus, und die Antwort darauf erfreut sich nicht sonderlich vieler Alternativen. Heuchelt man Unentschlossenheit und feiert später fremd, überzieht eine Kaltzeit das Beziehungsgeflecht. Denn Freunde mögen es gar nicht, wenn man ihren Unterhaltungswert in fein abgestuften Ranglisten tiefer platziert. Da sagt man lieber zu, auch wenn einem das nicht zusagt.

Auch dies ein Fehler. Denn sehr weit vorausplanende Menschen feiern immer sehr verantwortungsvoll und bedrückend rauscharm, nicht zuletzt wegen der anwesenden Kinder, die Silvester vor Mitternacht ins Bett zu schicken ja heutzutage als meldepflichtige Gewalttat gehandelt wird. Es gibt dann also Bowle mit weniger

Alkohol als in Erfrischungstüchern und Höhepunkte wie Luftschlangenausblasen und Tischfeuerwerke, die – nach einem Moment fahler Hoffnung – Winnie-der-Pu-Puzzles aushusten. Punkt zwölf ein Sektchen, und dann drücken sich alle herzlich. Dazu hat meine Mutter mich aber nicht unter Schmerzen geboren!

Silvester will ich meinen guten Ruf ablegen wie einen alten Hut. Ich will in einer Badewanne fettiger Flips und Chips sitzen, mit Buddeln und Bouteillen an meinen Seiten, deren Inhalt mir egal sei, solange er nur recht ordentlich zu Wein vergoren und zu Sprit gebrannt ward. Ich will meine speckige Chipshand juchzenden und kreischenden Tanzmäusen oder nach Belieben auch -wachteln auf den Rücken patschen und sie zu üblem Schlagerrums stampfend hin- und herschwenken, als seien sie Teddybären mit verklemmter Brumme. Ich will Unfug krakeelen und gute Bekannte als «ausgemachte Sauhunde und Lumpen» anpöbeln. Ich will nach Mitternacht glücklich lallend mit zersprengter Hose und angesengtem Bart von ebenfalls delirierenden Freunden in die Notfallaufnahme geschleift werden, aber nur, um dort immer wieder in unbemerkten Momenten von der Pritsche zu hüpfen und hinter dem Rücken des schon einfädelnden Chirurgen irgendwelche Phiolen und Flakons aus dem offenen Rotkreuzschränkchen auszusaufen.

«Ich hab dich noch nie betrunken gesehen», sagte mein Sohn, als wir in der Kaufhalle die zwei lächerlichen Flaschen Grauburgunder neben die Sparpackung Knallerbsen taten. «Wenn man seinen Vater noch nie betrunken gesehen hat, hat man gar keinen Vater, sondern nur einen Erziehungsberechtigten», sagte ich weise, während um mich herum alle hastig nach dem Kugelschreiber in der Jacke tasteten, um sich das Bonmot zu notieren. «Ich hab mich übrigens auch noch nie so richtig betrunken gesehen», tröstete ich meinen Stammhalter, «die Spiegel hängen irgendwie immer zu hoch.»

PECHSTRÄHNCHEN Selten geschieht es, dass ich nach Hause komme und jemanden in der Küche sitzen sehe. Meistens kommt jemand nach Hause und sieht mich in der Küche sitzen. (Der Grund ist bedrückend unkomplex für einen Dichter: Ich halte mich einfach gerne in der Nähe von Lebensmitteln auf.) Diesmal aber hockten gleich drei Frauen in unserer Küche und hielten einander voll Mitgefühl die Hände. «Tach, Frau», begrüßte ich die meine mit der schnörkellosen Herzlichkeit schon länger bekannter Partner und wandte mich dann an die betroffen dreinschauenden Freundinnen: «Was'n mit euch los?» «Er sieht es nicht einmal!», schrie die eine auf und warf ihr Gesicht in die Hände, während mich die andere bitter fragte: «Fällt dir denn nichts an Suse auf?» Ich warf einen Blick auf Suse, deren Antlitz langsam und wehklagend aus den Händen wiederauftauchte.

«Sie wirkt irgendwie älter, abgelebter, verbrauchter!», begann ich eine meiner viel zu selten verlangten, unbestechlichen Gesamteinschätzungen, deren weiterer analytischer Tiefgang allerdings in einem Kreischen unterging, aus dessen Durcheinander man mit einiger phonetischer Sachkenntnis die Worte «Sie war beim Friseur!!!!» heraushören konnte.

Meine Frau zupfte in hysterischer Überdeutlichkeit an Suses Haaren herum, um mir zu zeigen, was der Friseur angestellt hatte. «Alles zu kurz. Die Stufen stimmen überhaupt nicht. Und die Farbe ist viel zu dunkel.» Dann fielen alle drei wieder schluchzend ineinander.

Ich nahm ein Stück figurneutralen Harzer Käse aus dem Kühlschrank und aß es in dem Bewusstsein auf, eine ausgesprochene Ekelspeise meiner Jugend dem Geschmack nun genauso lang gereifter und wahrscheinlich bereits ähnlich aromatisch riechender Männlichkeit hinzugefügt zu haben. «Was ihr nur habt», wandte ich mich dann kauend und tröstend dem Friseuropferbund wieder zu, «in einem halben Jahr ist das wieder herausgewachsen.» Das entsetzte Gekreisch, das nun folgte, hörte sich an wie ein Pack iranischer Klageweiber mit Zahnwurzelentzündung bei einem Konzert von Tokio Hotel.

«Sie wollte Strääääääähnchen, verstehst du das nicht?», schrie meine Frau. Doch, ich verstehe das. Der tolle Vorteil der Frauen, sich mittels ihrer Frisuren quartalsweise komplett verwandeln zu können, wird doch empfindlich geschmälert durch eine gewisse, diesem Verwandlungsprozess innewohnende Unvorhersehbarkeit. Wären Friseure Busfahrer, könnte man das Erreichen des Hauptbahnhofes nur in Wahrscheinlichkeiten und Streuungsbreiten angeben. Und wären Friseure Nierenärzte, würden den Kolikpatienten öfter mal statt der Steine die Kniescheiben fachgerecht zertrümmert.

Doch es ist nicht der Coiffeure Schuld allein. Offenbar taugt der weibliche Wortschatz nur ungenügend, um das zu beschreiben, was eine Frau am Ende im Spiegel sehen will. Hier rächt sich, dass Frauen nur die Sprache der Gefühle zu sprechen verstehen. Während ich mit «Hinten und an den Seiten neun Millimeter!» selbst bei sehr auffassungsschwach vor sich hin schnippelnden Friseuren Wunschergebnisse erziele, müssen die Frauenhaarschneider immer nebulöse Angaben von Glanz, Spannung und Volumen hier und da in Schnitte und Wickler umsetzen.

Mitleid weitete mein Herz. «Kannst ja in der Zwischenzeit ein Kopftuch umbinden, Suse!» «Das ist verboten», schluchzte Suse viel zu dunkelviolett und ausgefranst vor sich hin, «ich bin doch Lehrerin.»

MEIN MANN MÖCHTE DIESE KOLUMNE NICHT SCHREIBEN Scheinbar geringe Zeichen richtig und rechtzeitig deuten zu können zählt zu den wichtigsten Selbstbehauptungstechniken eines Mannes in einer begründet andauernden Partnerschaft (Männer in unbegründet andauernden Partnerschaften können jetzt aufhören zu lesen und müssen es wahrscheinlich sogar, weil die Frau hinter ihnen ruft: «Was glotzt du in dieses Buch? Der macht mich nochmal wahnsinnig mit seinem sinnlosen Herumlesen!»).

Doch auch ich hielt es erst mal für eine liebe Geste, als meine Frau zum Schulanfang des Sohnes sagte: «Ich werde mal aufstehen. Du kommst ja morgens nicht so gut raus.» Ich röchelte ihr freundlich zu und drehte sofort wieder das Weiße meines Augapfels in den flimmernden Lidspalt. Ich fühlte mich schon weniger verwöhnt, als mich Tage später beim Sonntagsmahl mit der Verwandtschaft die Frau löffelstoppend mahnte: «Iss mal lieber keinen Rosenkohl. Du weißt doch, wie die Winde dich dann immer quälen.» Die Verwandten lächelten mich mit schlecht gekünsteltem Mitgefühl an, und ich lächelte erwartungsgetreu ertappt zurück. Aber ich begriff erst, als ich eines Abends ins Wohnzimmer kam und meine Frau vorm Fernseher meinte: «Das ist nichts für dich. Du interessierst dich nicht für Tennis.» Ich prallte brav zurück, schlug mir an die Stirn und sprach: «Danke du, stell dir mal vor, ich hätte mir das jetzt angeguckt, obwohl ich mich überhaupt nicht dafür interessiere.» Meine Frau nickte aber sehr ernsthaft, und ein Schauer lief mir über den Rücken. Meine Frau war dabei, mich zu übernehmen. Meine Frau hatte mich in all den Jahren fleißig kennengelernt, und jetzt kannte sie mich nicht nur gut, jetzt kannte sie mich zu gut, um mich noch länger meiner eigenen, bei weitem nicht so erschöpfenden Selbsterkenntnis zu überlassen. Nicht mehr lange, und meine Frau würde mich mit einer endlosen Reihe von «Mein Mann möchte nicht mit Ihnen tanzen», «Mein Mann hat sich für die gelb-türkisfarbene Strickjacke entschieden» und «Mein Mann bekommt keinen weiteren Aperitif mehr» umsorgen, damit ich nicht in Unkenntnis meiner selbst gegen meine ureigenen Interessen handelte. Warum machen Frauen das? Aus Liebe? Aus Angst? Aus Anmaßung? (Wer jemals älteren Witwen lauschte, weiß, dass Männer eigentlich immer eines unnatürlichen und vorzeitigen Todes sterben, weil sie ihrem weiblichen Vormund nicht gehorchen: «Karl-Otto könnte noch leben, wenn er immer seinen Zungenbelag entfernt hätte, wie ich ihm gesagt habe. So aber hat ihn der Belag am Ende ganz überwuchert.») Irgendwann in der Mitte ihres Lebens, wenn sie ihren Reizen – meist zu Unrecht – nicht mehr zutrauen, die Männer willenlos hinter sich herhecheln zu lassen, wechseln Frauen unmerklich vom Becircen zum Bemuttern. Insofern war es gegentherapeutisch sicher sinnvoll, dass ich meine Frau am nächsten Tag vom pünktlichen Dienstantritt abhielt, indem ich sie unzweideutig in meine kurzen, aber enorm starken Arme wickelte und auf ihre kichernde Abwehr sprach: «Du weißt ja, was ich für einer bin!»

LEBENSMITTELMOTTENMITTEL Ich sehe für mein Alter noch ziemlich gut aus, und wenn Sie mich lässig die Straße herunterschlendern sehen, würden Sie nicht im Traum darauf kommen, dass ich ein Krüppel bin. Es ist aber so. Werfen Sie mir doch mal, falls Sie mich tatsächlich lässig die Straße herunterschlendern sehen, probeweise eine Münze, einen Schlüssel oder von mir aus auch einen Sack Kartoffeln zu. Sie werden Ihre helle Freude haben. Ich bin nämlich ein Fangkrüppel. Meine Hand-Augen-Koordination im Bereich der Schnellgeschicklichkeit ist eines Hominiden unwürdig. Ebenso gut könnte man einem Gürteltier was zuwerfen. Ich kann auch keine Gummibärchen mit dem Mund auffangen. Kai-Uwe aus der B-Klasse konnte hochgeworfene Gummibärchen mit dem Mund auffangen. Er konnte sie sogar aus der Armbeuge hochschnipsen und dann mit dem Mund auffangen. Als wäre das nicht schon spektakulär genug, warf er sie auch noch hinter seinem Rücken hoch und schnappte sie einfach so aus der Luft.

Es war so cool. Er war dann auch bald mit Hendrikje zusammen, die schon richtig was unterm Pulli hatte. Ich war zwar besser im Hockstrecksprüngemachen, trotzdem sagte mir mein Gefühl irgendwie, dass es Hendrikje nicht annähernd so anheizen würde, wenn ich dagegenhielte: «Ganz nett, das mit dem Gummibärchen, mein liebes Kai-Üwchen, aber mach mir mal jetzt diese 20 sauberen Hockstrecksprünge nach!» Doch ich will mich nicht beklagen. Mit der Ausnahme des Teambildungsseminars, wo sich jeder von einem Tisch rücklings in die Kollegen fallen lassen sollte, um Vertrauen zu erlernen, hat mein Handicap noch nie jemandem geschadet. Aber dann schwirrte eines Abends dieses Insekt provozierend über meinem Essen. Ich schlug die Hände zusammen und – es lag platt auf meiner Handfläche. «Volltreffer!», entfuhr es mir pubertös, und ich zeigte meine Beute den Kindern, um ihnen einmal gehörigen Respekt aufzunötigen. Meine Frau begutachtete das Tier und sagte: «Lebensmittelmotte. Oder Dörrobstmotte. Oder Mehlzünsler. Verbreitet sich über angebrochen stehengelassene Nahrungsmittel.» Ich rümpfte die Nase. So was gab es bei uns zu Hause nicht. Bei uns ging es ungezünselt zu. Denn trotz eines anstrengenden Arbeitstages war mein Vater oft des Nachts noch in der Küche unterwegs, um alle angebrochenen Nahrungsmittel aufzuessen. Ich hielt das für Naschsucht, machte kesse Bemerkungen über seine Korpulenz und musste nun in der Lebensmitte mittels einer Lebensmittelmotte erkennen, dass der liebe Vati diese Reste nur notgedrungen vertilgt hatte, um etwaigen Schadinsekten die Lebensgrundlage zu entziehen. (Bei meinen Verwandten zweiten Grades hatten es die Lebensmittelmotten noch schlechter. Da lohnte sich nicht mal der Anflug. Da blieb nie was übrig.)

«Wir müssen alle offenen Lebensmittel wegschmeißen, die noch geschlossenen Packungen ein paar Wochen tiefkühlen und alle Schränke und Schubladen mit Essig und Salmiakgeist auswischen, am besten gleich alles malern», verkündete meine Frau programmatisch. «He, he, nicht verrücktspielen», murrte ich, «nachher war es gar keine Lebensmittelmotte.» «Wenn du sie fangen konntest», erwiderte meine Frau, «war es eine Lebensmittelmotte. Die fliegen total langsam.»

DENN SIE WISSEN NICHT, WARUM SIE KICHERN

Die Seilakrobatik von Tom Cruise im Hochsicherheitsraum von «Mission Impossible I» ist eher was für Anfänger. Mein Freund Michi hingegen schaffte es tatsächlich, sich in einer gleichsam mongolischen Schlangenmenschenrückenwelle geräuschlos von der sonst knarzenden Rostfederkernmatratze zu erheben, im sehnendehnenden Ausfallschritt über acht sonst knackende Dielen zu grätschen, dann nach vorn auf die Schwelle in den Liegestütz zu fallen und sich schräg durch den Türspalt zu ziehen, und das alles, ohne dass seine dreijährige Tochter aufwachte. «Respekt!», flüsterte ich auf Socken und reichte ihm ein Bier. «Das ist noch gar nichts», sagte Michi, «ich leg mich ja nachher genauso wieder neben sie.» Wir fläzten uns quer in die Sessel und gluckerten ein paar Minuten bedeutungsfrei mit den Bierflaschen.

Unsere Frauen waren beim «Weiberabend», was vom Beachvolleyball mit einem Trupp hormonell völlig aus dem Ruder gelaufener Sportstudenten über hemmungslosen Gemischtsaunenbesuch bis zu vom Christlichen Verein junger Frauen nicht ausdrücklich empfohlener Erlebnisgastronomie reichen konnte. Michi und ich hüteten das Haus und die Kinder und murmelten ein bisschen was von Arbeit unter Verwendung der liturgischen Begriffe «Riesenstress», «Maloche» und «bis hier oben hin».

Doch dann setzte sich Michi auf und sagte: «Ich weiß eigentlich nichts von dir.» «Das ist das Geheimnis aller Freundschaft», entgegnete ich bierselig und weise, doch Michi meinte es anders. «Alles, was ich von dir weiß, weiß ich von meiner Frau, und die weiß es von deiner Frau.» Ich setzte mich auch auf, und wir sahen uns eine Weile ziemlich aufgesetzt, aber vor allem scharf an. «Du hast dir oben am Rücken die Haare entfernen lassen», platzte Michi heraus. «Du hast nachts den Notarzt wegen eines Herzinfarkts holen lassen, und am Ende waren es nur Blähungen», konterte ich.

Zwei Wahrheiten. Es stimmte also. Wir wurden erörtert. Von den eigenen Frauen. «Warum machen die so was?», fragte Michi. «Frauen kichern gerne», warf ich ihm eine brillante physiologische Theorie hin, «beim Kichern kontrahieren die Stimmlippen zusammen mit dem Beckenbodenmuskel. Deswegen reden Frauen immer über Themen, über die sich kichern lässt.» Michi stöhnte. «Wer untersucht denn so was? Die Fraunhofer-Institute?» «Ich hatte mal eine böse Schleimbeutelentzündung, wusstest du das?» «Nö.» «Siehst du, über Schleimbeutelentzündung kann man nicht kichern.»

Michi setzte sich, nur mäßig überzeugt, zwei Kronkorken auf die Augen, was ihn deutlich weniger überarbeitet aussehen ließ, und meinte nach einer Weile im Dunkeln: «Nein, nein. Frauen hecheln ihre Männer durch, weil sie glauben, das muss so sein. Sie meinen wahrscheinlich, auch Männer würden über ihre Frauen lästern, wenn sie um die Häuser ziehen.» Ich setzte mir ebenfalls zwei Kronkorken ein und sagte: «Wüsste nicht, wie sie darauf kommen. Männer ziehen schon lange nicht mehr um die Häuser.» Wir schlugen, blind vor Kronkorken, unsere Bierflaschen gegeneinander, wie es sonst nur Männer aus dem harten Baugewerbe tun, und tranken melancholisch vor uns hin, bis unsere Frauen ins Zimmer kamen und … kicherten.

WIE IM SCHMUDDELFILM Er hat zu große Hände, zu große Füße, trägt eine zu kurze Hose, ein zu kurzes Hemd und versucht gerade, seinen linken Fuß in einen schon längst zu kleinen, trägerweise aber auch noch zugeschnürt gebliebenen Leinenturnschuh hineinzutreten. Klappt aber nicht richtig. Draußen weht der Schneesturm alte Frauen über die Straße. «Wo willst du hin, Pinocchio?», rufe ich aus der Küche, und mein Sohn antwortet stöhnend: «Zur Schule.» «Aber nicht in dem Aufzug, junger Mann!», schnarrt der Obrist in mir in die Diele. «So gehst du mir nicht aus dem Haus!»

Allein für den Satz hat sich das Kindermachen schon gelohnt. Aber der Sohn bleibt unbeeindruckt. «Ich habe keine anderen Sachen mehr», stöhnt er, «die sind alle zu kurz.» Da ich jetzt kaum nassforsch «Wachstum sofort einstellen!» hinterdreinschnauzen kann, verkünde ich huldvoll einen Beschluss zum nachschulischen Kleiderkauf. Der Sohn stöhnt nochmal.

Rein akustisch ähnelt die Pubertät meines Sohnes einem billig synchronisierten Schmuddelfilm. Es wird von morgens bis abends gestöhnt. Eine weitere Parallele ist, dass hier wie dort die Sachen abgeworfen werden, wo man gerade steht, geht oder umfällt. Pubis markieren ihren Weg durch die Wohnung mit kleinen Kleiderhäufchen. Die höfliche Wendung «Legen Sie doch ab!» muss einen pubertären Ursprung haben, denn niemand sonst legt seine Sachen nach dem Eintreten sofort irgendwo auf den Boden, es sei denn, er ist vierzehn, männlich, müde.

Tja, bis genau hierhin hatte ich durchgehalten, der junggebliebene Vater, dem Kind ein bloß etwas älterer Freund, boxte und knuffte ihn, glotzte tapfer gemeinsam schon im Titel auserzählte Drachenreiterkinoschinken und grölte sogar noch die «Ärzte» mit, aber dann verwandelte mein Sohn die Wohnung in eine rumänische Waisenhaus-Wäschekammer, über der in fetten Lettern die unheimliche Botschaft geschrieben stand: «So, versuch doch das mal zu tolerieren, wenn du partout kein Spießer sein willst!» Ich habe mich dann in einem quälenden Prozess für das Heim als Bereich vorbildlicher Ordnung und Sicherheit entschieden, und seither ist bei uns das altersübliche «Saufen»-Gezeter an der Tagesordnung, oder ich räume das Zeug seufzend weg. (Mittlerweile hat sich das Wegräumen automatisiert. Ich bin erst kürzlich von der Bühne gezerrt worden, als ich mitten in einer Striptease-Show die fortgeschleuderten Dessous zusammenlegen wollte.)

Im Kaufhaus steht der Schlaks abgeknickt vorm Spiegel, während ich ihn mit Steppjacken und Pullovern behänge. «Schwul. Schwul. Oberschwul. Das sieht alles total schwul aus, Papa!», nölt das Kind in ungelenkem Schulhofjargon. Ein provisionsversessener Verkäufer eilt herbei, um fragen zu wollen und helfen zu können. «Ja, wir suchen Oberbekleidung für einen Vierzehnjährigen mit eineindeutig heterosexueller Ausstrahlung.» «Da bin ich mir jetzt nicht so sicher, ob wir da …», grübelt der Mann. «Ich nehm den», spricht mich der Stammhalter plötzlich männlich entschlossen an und gibt mir einen von etwas weiter her geholten Pullover mit der quietschgelben Pokemon-Figur Pikachu vorne drauf. «Ach, so was!», nickt der

Verkäufer beflissen. «Ja, so was!», entgegne ich, glücklich, das Kleiderleiden für ein Quartal beendet zu haben, und bemerke knapp: «Oder in welche Richtung entwickeln sich bei Ihnen die Pokemons?»

EINLADUNG ZUM MÄNNERBALLETT Auch in Deutschland liegen terrormäßig die Nerven blank. So viel steht fest. Und obwohl es beim Einparken in der Stadt immer wieder ein erhebendes Gefühl war, Polizisten reflexartig hinter Passanten in Deckung gehen zu sehen oder Bodyguards, die sich vor russisch-rotkandierte-weißblondierte Pelzmäntelaljonuschkas werfen, beschloss ich eines Tages, die explosionsartigen Nachverpuffungen meines Autos abstellen zu lassen. Da meine vielköpfige Sippe die Gewerbestruktur der Bundesrepublik im Kleinen nachbildet, ging ich zu meinem Autoschraubercousin. «Beeil dich, er ist ziemlich fertig und wird gleich abgeholt», sagte seine Frau, und ich stieg ins Dachgeschoss, wo ich ihn fand. Im Tutu und in Feinstrumpfhosen.

Jetzt, da ich seine Frau zu verstehen meinte, sprach ich in ruhigem Ton: «Gehste einfach mal mit dem Doktor mit, und dann sollste mal sehen …» Mein sehr behaarter Autoschraubercousin zog sich die Feinstrumpfhose hoch und antwortete bloß: «Warum machst du eigentlich nicht mit in unserem Männerballett?»

Mein Verhältnis zum Fasching als ungezwungen zu bezeichnen, würden nicht mal meine Feinde wagen. Deswegen dazu erst mal Folgendes: Ich habe meine persönliche Wertschätzung von Bekannten und Verwandten nie davon abhängig gemacht, ob sie Mitglieder von Faschings-Männerballett-Ensembles waren oder nicht. Diese bemüht tolerante Position verdankt sich allerdings nur dem

Wunsch, nicht völlig isoliert zu sein. Saisonbedingt schwanenseetanzende Männerbünde haben heuer einen Zulauf, dass man glauben könnte, den Damen sei das Tragen von Strumpfhosen nur erlaubt, um Produktionsausfälle in der Zwischenfaschingszeit zu verhindern.

«Ich … bin noch nicht so weit», antwortete ich ausweichend dem Cousin. «Ich versteh dich nicht. Unsere Omi hat sich immer so viel Mühe gegeben mit deinen Faschingskostümen», sagte er mehr hämisch als vorwurfsvoll. Er hatte recht. Das war das Problem. Meine Cousins mussten als Indianer und Cowboy von der Stange zum Fasching gehen. Ich hingegen als tapferes Schneiderlein. Mit handgesticktem Gürtel, angemaltem Kinnbart und echter Schneiderelle. Man muss kein in der amerikanischen Geschichte nachpromovierter Kinderpsychologe sein, um zu wissen, dass in den tollen Auseinandersetzungen zwischen Cowboys und Indianern auch sehr, sehr tapfere und zu allem bereite Dienstleistungsgesellen absolut keine Rolle spielten. Auch in äußerst breit angelegten Studien zur Faszination maskuliner Rollenbilder auf das andere Geschlecht, in denen man zwischen «Ich fühle mich a) zu Cowboys oder b) zu Indianern oder c) zu tapferen Schneiderleins besonders hingezogen» wählen könnte, würde das Letztere immer unangekreuzt bleiben. Danke, Omi! Du wolltest, dass ich meine Beobachtungsgabe schule, und du wusstest, dass man nur gut beobachten kann, wenn man allein am Rande einer johlenden Menge steht.

«Ich weiß, was du jetzt denkst», brummte mein Cousin in den Schnauzbart und setzte sein Spitzenhäubchen auf. «Wie wär's, wenn wir die Choreographie so weit verändern, dass ein Indianer den tanzenden Schwänen auflauert, dann könntest du endlich …»

GEWALTFREI ZÜCHTIGEN Meine Frau leidet unter dem Heimkinder-Syndrom. Nicht, dass sie selber eines gewesen wäre. Nein, meine Frau entdeckt in fremden Kindern zwanghaft Spuren der Vernachlässigung, die es auszugleichen gilt, wenn das fremde Kind zum Spielen in unserem vorbildlichen Haushalt weilt. Zufrieden ist sie erst, wenn das fremde Kind beim Abendbrot sagt: «Kann ich für immer bei euch bleiben?» Dann fragt meine Frau zuckersüß: «Aber werden dann deine Eltern nicht sehr traurig sein?», und das Kind antwortet: «Die kommen schon klar!» oder so was.

Diesmal hatte meine Frau beim kleinen Hannes Dinkelkeks einen himmelschreienden Süßbrausemangel, kombiniert mit einem Defizit an altdeutscher Sauberkeitserziehung, entdeckt und sofort korrigierend eingegriffen. Der Erfolg war überwältigend. Hannes Dinkelkeks, der garantiert zuckerfrei aufgezogen wird und nur bei Geburtstagen ein Löffelchen Steviapulver in seinen Lindenblütentee tun darf, flippte bei der Aussicht auf eine Anderthalbliterflasche Fanta regelrecht aus und wusch sich sogar mit Seife aus Tierkadaverabprodukten die Hände und kämmte sich auf Befehl meiner Frau einen Mittelscheitel, der mit Brillantine stabilisiert wurde. (Wenn meine Frau gekonnt hätte, hätte sie ihn auch nochmal komplett durchimpfen lassen.) Das vorhersehbare Ergebnis war, dass Hannes Dinkelkeks über Nacht zu bleiben begehrte. Dinkelkeksens wurden angerufen, informiert, dass ihr Sohn für eine Nacht der heimischen Ödnis entfliehen wolle, und beauftragt, alles Nötige vorbeizubringen. Dann verschwand meine Frau fröhlich, um mit einer Freundin halbnackten afrikanischen Trommlern beim Schwitzen zuzusehen.

«Hier ist seine Schlafhaube», sagte Mutter Dinkelkeks eine Stunde später zu mir und kramte aus ihrem Jutebeutel eine Kopfbedeckung hervor, die ein bisschen aussah wie Hitlers Cabriokappe in kuschelweich. «Die bewirkt, dass er durchschläft.» Ich drehte die Haube auf meinen Zeigefinger. «Ewig geht das aber nicht. Da schieben sich später die Mädels lieber zwei Küchenstühle zum Schlafen zusammen, als mit Mister Haubentaucher das Bett zu teilen.» Mutter Dinkelkeks strafte mich mit Gleichgültigkeit. Nachdem noch die üblichen Beziehungsobjekte am Kissen verstaut waren (Ein schon ziemlich abgegriffenes Plüsch-Schaf sollte ihn die Nacht über an Mutter erinnern, was ich überzogen fand, denn die Dinkelkeksin sieht eigentlich noch ganz «passabel» aus. Wobei ich mich immer frage, was das für ein blödes Wort ist. Passiert bei passablen Damen noch was und bei den anderen nicht oder wie?), wollten die Kindlein noch eine Gutenacht-CD hören und schütteten die Musik-Kiste der Trollprinzessin ins Zimmer.

Es war halb zehn. Orientierungslos und konzentrationsschwach wühlten sich die Kindlein durch den Überfluss. Mutter Dinkelkeks griff in die Tasche und zog ein siderisches Pendel hervor. «Soll ich euch eine CD auspendeln, ihr Schätzchen?» Die Kinder schrien hurra, und Mutter Dinkelkeks hockte sich über den Plastikhüllenhaufen und ließ das Pendel zittern.

«Machst du das eigentlich immer?«, fragte ich die Dinkelkeksin. «Wenn man sich nicht entscheiden kann, ist Pendeln das Mittel der Wahl. Das Pendel zeigt nämlich unbewusste Präferenzen an.» (Ihren Mann hatte sie noch ohne solche Hilfsmittel aussuchen müssen. Aber vielleicht kam ihr bei der Entscheidung entgegen, dass der Brave schon von selbst erheblich pendelte, als sie sich das erste Mal in einer Kneipe trafen.) Das Dinkelkeks'sche Pendel machte nach kurzem Hin und Her einen deutlichen Ausschlag in Richtung der Rolf-Zuckowski-CD, die eigentlich nicht gespielt werden darf, solange ich noch am Leben bin. Ich überlegte einen Augenblick, ob ich vorher das zum Lüften geöffnete Fenster hätte schließen sollen, denn die Rolf-Zuckowski-CD lag eindeutig in Richtung Zugluft. Aber der Dinkelkeksin nachzuweisen, dass sie eine unbewusste Präferenz für Dinge in Windrichtung hegte, schien mir zu wissenschaftlich für den späten Abend.

Rolf und seine Freunde (die Anfügung «und Freunde» scheint mir in dem Bewusstsein gewählt worden zu sein, dass die Zahl seiner Feinde erheblich, wenn nicht sogar noch größer ist, und dient vermutlich ganz durchsichtigen Abschreckungszwecken) kinderfreundelten also los, und ich ging mit der Dinkelkeksin in die Küche, um sie noch eine Zichte durchziehen zu lassen. Mutter Dinkelkeks kramte ihren urgesunden Indianertabak hervor, schüttete ein paar Krümchen ins Papier, drehte es und leckte mit flinker Zunge die Klebekante entlang, etwas, was ich eingestandenermaßen so gerne betrachte, dass ich mal mit meinem Therapeuten drüber reden muss. (Die Liste mit meinen Vorlieben wird immer länger. Möglicherweise ist am Ende meines Lebens einfach alles erotisch besetzt.)

«Und sonst?», wollte sich gerade die Dinkelkeksin nach dem Fortgang der Dinge erkundigen, als ein Schreien, Trampeln und Rumpeln aus dem Zimmer der Trollprinzessin drang. Bei unserem Erscheinen zerrte die

Trollprinzessin gerade Hannes Dinkelkeks an den Haaren durchs Zimmer, während dieser nach ihr trat und spuckte. «Aus!», bellte ich meine Tochter zornig an (in Krisensituationen wandert der Kern meiner erzieherischen Willensbildung ins Stammhirn, wo es dann leider etwas reflexartig und tierdressurmäßig zugeht) und fügte, weil Mutter Dinkelkeks mich so entsetzt anguckte, noch ein humaneres «Aus…einander!» an.

Es bewirkte, dass sich die Kontrahenten zwar trennten, aber desto heftiger flennten. In all dem Schluchz stellte sich heraus, dass Hannes Dinkelkeks auf der Lieblingspuppe der Trollprinzessin herumgetrampelt hatte, nachdem die Trollprinzessin sich erst das amelodiöse Mitgrölen des Knaben verbeten und schließlich wegen Nichtbefolgung das Gerät abrupt ausgeschaltet und sein Wiedereinschalten sogar mit Körpereinsatz verhindert hatte. Wie auch immer. Das Gesicht der Puppe war eingedrückt und ging jetzt physiognomisch mehr in Richtung Uschi Glas. Das war intolerabel. «Sag mal, was war denn das jetzt?», herrschte ich Hannes Dinkelkeks an. «Es gibt ja wohl noch andere Möglichkeiten, sich auseinanderzusetzen, außer Puppenzertrampeln?» «Ja, ich hätte auch all ihre Bücher zerreißen können!», schnaubte der kleine Dinkelkeks. Mutter Dinkelkeks stieß mich kurz an, um mir zu bedeuten, dass nunmehr eine tiefer gehende Intervention angezeigt sei. «So. Passt mal auf, was wir jetzt machen. Wir setzen uns alle auf diese kleinen Stühle hier, und dann sagt jeder mal, was er jetzt gefühlt hat.» Die Dinkelkeksin drückte ihren Sohn in den Sitz, drehte sich zu mir um und machte eine unmissverständlich anweisende Kopfbewegung zu einem der neongrünen Ikea-Plastikstühle. «Es ist 22 Uhr durch. Ich weiß nicht», erwiderte ich, aber tat, wie mir geheißen. Mit beachtlicher Restwut plumpste sich schließlich auch die Trollprinzessin hin.

«Ich fange mal mit dir an, weil du ja schon etwas älter bist», sprach Mutter Dinkelkeks die Trollprinzessin so gütig an, als hätte sie die Nebennieren von Mutter Teresa implantiert bekommen. «Kannst du dir vorstellen, wie sich Klein Hannes gefühlt hat?»

Die Trollprinzessin versuchte ohne größere Anstrengung, sich in den sechsjährigen Johannes Adalbert Dinkelkeks einzufühlen, aber es klappte nicht. Sie zuckte mit den Schultern. Damit hatte Mutter Dinkelkeks in weiser Voraussicht gerechnet. Sie wandte sich dem eigenen Spross zu.

«Was hast du denn gefühlt, als die Trollprinzessin dich erst bat, mit dem Mitsingen aufzuhören, und dann auf den Ausknopf drückte und sich über das Gerät warf, damit du es nicht wieder einschalten konntest?»

Die Frage war wahrscheinlich etwas zu umfangreich. Klein Hannes guckte finster.

«Nix.»

«Siehst du, Hannes hat nichts gefühlt», ließ sich die Dinkelkeksin nicht irritieren. «Er war unfähig, etwas zu fühlen. Er war innen wie tot. Und warum? Weil er sich abschotten, ganz hart machen musste gegen all die schlechten Gefühle, die auf ihn einströmten. War es nicht so, Hannes?»

«Mmmh. Na ja …» Hannes Dinkelkeks versuchte, ein Gesicht zu machen, in dem Zustimmung, Ablehnung und der Wunsch, endlich pullern gehen zu dürfen, in einem ausgewogenen Verhältnis zueinander standen.

«Und weißt du, warum er all die schlechten Gefühle nicht ausleben konnte, sondern in sich blockieren musste?», wandte sich Mutter Dinkelkeks an die Trollprinzessin, die die Augen schon halb wimperflimmernd geschlossen hatte, vielleicht, um besser zuhören zu können. «Aus Furcht, deine Freundschaft zu verlieren. Und weil er sie nicht ausleben konnte, stauten sie sich in seinem kleinen blockierten Körper, verstehst du? Und dann, als sich zu viele schlechte Gefühle angestaut hatten, kam es zum Ausbruch, und alles musste auf einmal raus.»

«He! Stopp mal! Das haut nicht hin», warf ich ein. «Dein Bengel ist doch quasi sofort ausgeflippt. Schneller ausleben geht ja fast gar nicht!»

«Ja, da magst du staunen», sah mich Mutter Dinkelkeks mit kuhäugiger Sanftmut an, «Kinder können in Sekunden so viel anstauen wie wir in Monaten.»

Ich gab auf. «Du meinst also, Klein Hannes ist nur aus nackter Angst auf der Puppe herumgetrampelt?»

«Nein, aus einem Gefühl tiefer Freundschaft, das ihm so wichtig war, dass er es nicht mehr kontrollieren konnte», fasste die Dinkelkeksin mit einem Seufzer zusammen, der klarmachte, dass ich noch lange nicht imstande war, ihrer reflexiven Akrobatik zu folgen. «Das ist ja super!», rief ich. «Der ist aus Freundschaft auf der Puppe rumgestampft. Da wäre ich jetzt echt nicht draufgekommen. Gut, dass wir geredet haben.»

Zehn Minuten später lagen die Kindlein im Bett. Eins mit, eins ohne Haube. Ich brachte Mutter Dinkelkeks zur Tür, damit sie nicht wie immer auf den Klingelknopf statt auf den Lichtschalter drückte und die Süßen wieder herausgeschnipst kämen. «Ich muss wohl nicht extra erwähnen, dass das alles halb so schlimm gewesen wäre, wenn die Puppe aus recyceltem Lumpenstoff statt aus Weichmacherplastik gewesen wär.» Sprach sie. Dann klingelte sie kurz, kicherte verlegen, machte das Licht an und ließ mich allein.

DIE FAHRKRALLE Ich bin ja nicht so der Typ, dem sich die Brusthaare vor Stolz aufstellen, wenn er eine Frau beim Einparken verzweifelt am Steuer kurbeln sieht. Kann doch sein, dass die Natur den Männern ein tieferes Gefühl für die Dimension von Parklücken mitgegeben hat, aber das war's denn auch schon. Frauen leben länger, schlafen besser und haben ein derartiges Übermaß an Sozialkompetenz und Haarvolumen, dass sich die lächerliche Überlegenheit der Männer beim Einparken dagegen wie ein Trostpreis ausnimmt. Zudem wird geflissentlich verschwiegen, dass es im frühen Holozän noch keine Parklücken gab, sodass der Ausleseprozess wahrscheinlich bloß Figuren begünstigt hat, die sich schneller in Felsnischen verstecken konnten. Nichts, womit man groß herumprahlen sollte.

Mein preiswürdiger Respekt gegenüber den weiblichen Verkehrsteilnehmern wird einzig von der Tatsache getrübt, dass ich ungern meine Frau chauffiere. Das liegt daran, dass meine Frau im besten Fall 150 Meter vor der Ampelkreuzung ruhig, aber bestimmt ihre Hand auf meine Brust legt, um so vorsorglich zu verhindern, dass ich beim Bremsen durch die Windschutzscheibe geschleudert werde. Dabei sitzt meine Frau nach allen Seiten verkrallt auf dem Beifahrersitz, als würden wir nicht gemächlich in einer 30er-Zone durchs Viertel cruisen, sondern mit 200 Sachen über die Klippen rauschen.

An diese Gesamtverspanntheit meiner Liebsten könnte ich mich ja noch gewöhnen, aber nicht an das immer wieder unvorhersehbar auftretende «Ha!»-und-«Hu!»-Zusammenfahren, das mich nicht nur selber bis zum Lenkradverreißen erschreckt, sondern auch noch das Entsetzen meiner Frau weiter steigert, weil sie nun erst recht annimmt, dass ich den Fahrer mit dem zitronengelben Hemd im knallroten Toyota in der Nebenstraße übersehen habe, der mir a) sowieso Vorfahrt gewähren musste und b) das aufgrund seines noch durch die Frontscheibe durchsehbar unterwürfigen Charakters sogar tun würde, wenn ihm eine Polizei-Motorradeskorte den Weg frei halten würde. «Herrgott!! Ich hab ihn gesehen!», stieg ich zornig auf die Bremse, um meine Frau besser anschreien zu können. «Ich hab schon gewusst, dass ich ihn sehen würde, als ich eingestiegen bin. Hast du überhaupt kein Vertrauen?!»

Meine Frau sah mich grimmig an und wiegte unbestimmt den Kopf. Okay, ich habe vor Jahren ein einziges Mal zwei leicht berockte Fahrradfahrerinnen fröhlich an mir vorbeigewunken, um dann genauso fröhlich frontal in einen Opel zu knallen. (Das glaubt jetzt sowieso wieder keiner, aber ich bin ja nicht Satiriker geworden, weil ich mich dauernd über das Leben lustig machen will, sondern weil sich das Leben dauernd über mich lustig macht.)

«Ich weiß echt nicht, was du hast. Ich fahre immer so exakt vorschriftsmäßig, dass sie die Laserpistolen an mir eichen können, gucke ständig nach links und rechts und nach hinten und in den toten Winkel.» Meine Frau rutschte aus der Fötushaltung, in die sie mein Wuthalt gepresst hatte, wieder höher in den Sitz und sagte: «Das ist ja der Grund: Du fährst so langsam. Ich denke immer, du bist nicht bei der Sache oder – eingeschlafen.» Ich zog einen Flunsch, löste die Handbremse, trat aufs Gas, um die Reifen auf dem Asphalt einzubrennen, und schoss ab. Meine Frau juchzte.

RHETORISCHER UNFUG Wenn es um den richtigen Umgang mit Kindern geht, habe ich mich nie auf meine innere Stimme verlassen. Meine innere Stimme labert dauernd unzusammenhängendes Zeug, und ich höre nur auf meine innere Stimme, wenn partout nichts im Radio kommt, die Fische nicht beißen oder ich lästigen Mitmenschen bei der Auswahl ihrer Tapete helfen soll. Ich war hingegen immer bestrebt, die Erziehung meiner Kinder auf eine streng wissenschaftliche Grundlage zu stellen. Leider ist im Lauf der praktischen Erfahrung die Frage, welche Hirnareale sich an der Erziehungstätigkeit beteiligen, von der Frage verdrängt worden, ob überhaupt Hirnareale daran beteiligt sind.

Hinweise darauf gibt es genug. So saßen eines Tages der Michi und der Ich beim Kinderhüten zusammen (die Frauensleute waren Klangschalen vibrieren, Engel schauen, Kristalle befühlen oder irgendwas anderes Sinnvolles) und verfolgten das braune und das blonde Kindlein beim Höhlebauen aus diversen Louis-quatorze-Erbstühlen. Leider stellte sich heraus, dass es die Höhle zweier rivalisierender Hexen war, die sich nun kreischend durch die Räume jagten. Nachdem der Michi auf diese Weise einen wichtigen Anruf («Ja, guck nich so, im Setzkastenfigurendirektvertrieb klingelt eben auch mal Sonntagnachmittag das Telefon!») verpasst hatte und ich den eben zitierten Satz wegen des kakophonischen Lärms auch gar nicht gehört hatte, stützten wir unsere gewaltigen Brustkörbe auf das Zwerchfell und brüllten nacheinander: «Könnt ihr nicht leiser toben?», und: «Spielt endlich anständig!»

Die Kinder hielten kurz inne, versicherten sich per Blick, dass das nix zu bedeuten hatte, und kreischten weiter. Sie hatten recht. Es war dumm. Schwachsinn rieselte von der Decke. Das uns. Der Michi ist ja diplomierter Philosoph, und ich selbst habe einen derart hohen IQ, dass ich mir die genaue Zahl gar nicht merken kann. «Da hättest du auch gleich brüllen können», sagte ich peinlich berührt, «tobt verdammt nochmal endlich so, dass die Maxime eures Tobens als Prinzip einer allgemeinen Gesetzgebung gelten könnte!»

Der Michi zog einen Flunsch. «Du hast es nötig. Hast du jemals was Anständiges gespielt? Oder auch nur angeguckt?» Der Michi befreite einen schon bedenklich auseinandergeleimten Erbstuhl aus dem Höhlengesteck und erklärte resigniert: «Es führt erzieherisch in die Irre, wenn man seine Regungen verbalisiert. Einfach so den Unmut herausröhren muss reichen.» Es gehört zu den stillen Wahrheiten der Elternschaft, dass 90 Prozent aller erzieherischen Ermahnungen grober rhetorischer Unfug sind, der nur dadurch unentdeckt bleibt, dass Kinder Gott sei Dank auf Fragen wie «Kannst du dich nicht ein einziges Mal benehmen wie alle anderen?» nicht wirklich mit der berechtigten Gegenfrage «Meinst du jetzt die einmalige Reduzierung meines Bewegungsspielraums auf einen hypothetisch errechenbaren Verhaltensquerschnitt der Humanpopulation oder die unwiederholt bleibende Entfaltung meines Aktionspotenzials auf die empirisch vorhandene Bandbreite der Lebenstätigkeit aller Wesen, die nicht ich sind, Papi?» antworten, sondern einen nur verstört anschauen. Und mittlerweile glaube ich, dass die Kinder damit uns meinen.

IM MORGENGRAUEN IST ES NICHT STILL Tütelü. Tütelütü. Tüt tüt. Wir brauchen gar nicht drum herumzureden. Auch Bio-Lärm ist Lärm. Die 100 Dezibel, die ein Amselmännchen aus sich herauspresst, sind kein Gesang, sondern Vogelgegröle. 100 Dezibel erreichen sonst nur Heavy-Metal-Konzerte oder Hammerschmieden. Niemand sagt: «Ach, schlaf weiter, das ist nur ein Motörhead-Gitarrist da auf dem Ast vor unserem Fenster, der seinen neuen Verzerrer ausprobiert!», aber bei Amseln soll das Wohlklang der Schöpfung sein.

Das Amselmännchen tut das angeblich, um sein Revier zu markieren, was nur zeigt, dass Amselhähne irrsinnig überzogene Vorstellungen von den Ausmaßen ihres Reviers haben. Das wohnzimmergroße Amselrevier lässt sich problemlos auch weniger bombastisch verteidigen. Zum Beispiel mit Handzeichen. Ich hätte nichts dagegen, wenn sich in den Bäumen vor meinem Fenster ab vier Uhr in der Früh Hunderte Amselmännchen mit den abscheulichsten und aggressivsten Handzeichen, die man sich nur vorstellen kann, gegenseitig in die Schranken weisen. Aber bitte nicht mit diesen tinitusähnlichen Klingeltongeräuschen. Das Gedröhn soll zudem der Paarbindung dieser Prollvögel dienen. Offenbar gilt bei den Amseln immer noch der gute alte Unterschichten-Benimm «Wer am lautesten schreit, hat recht!». Auch sonst scheint der hinterhältige Heckenbrüter und Regenwurmmörder intelligenzmäßig eher zu den Trotteln als zu den Drosseln zu gehören, was Tausende verblüfft sehenden Auges überfahrene Jungamseln pro Jahr eindrucksvoll belegen.

Jahrmillionen vegetierte die Amsel deshalb auch unter ein paar Waldbüschen dahin, bis ihr der Mensch mit dem Rasenmäher den Weg frei machte. Denn die Amsel ist ein Kurzrasenfolger. Und genau hier, wo er Bodenfeinden wie Fuchs und Katze, die sonst als natürlicher Schallschutz bei jeder Gelegenheit den grölenden Amselhahn zudrehten, besser entkommen konnte, vermehrte er sich wie die Kelly-Family. Aber dem Kurzrasen folgt das Herzrasen, denn das menschliche Ohr schläft nicht.

Die Frage, wie viele Menschen an amselbedingter Tachykardie eingehen, wagt die von ornithophilen Fanclubs terrorisierte Lärmforschung nicht zu beantworten. Aber wer solche gefiederten Freunde hat, braucht keine Feinde mehr. Was können wir gegen den Amsellärm tun? Die Bäume vor unseren Fenstern absägen kann nicht die Antwort sein, und viertelstündlich jeden Morgen Gas-Entladungskanonen abfeuern, wie es die Kirschenbauern in den Plantagen tun, scheint mir eine von Seiteneffekten überwucherte Option zu sein.

Aber es gibt eine Lösung. Wenn alle energischen Befürworter der Nacht- und Morgenruhe die tagsüber in ihren Sonnensandkuhlen vor sich hin dösenden Vögel aufschrecken und vom Mittagsschlaf abhalten, sollte es möglich sein, den Wach-Schlaf-Rhythmus der Amselmännchen so zu verschieben, dass im Morgengrauen nichts anderes mehr durch unsere Fenster dringt als ein liebliches Schnarchgeräusch aus Hunderten apfelsinenfarbener Schnäbel.

DER LÜGENPRINZ Beiläufigkeit ist ja eine meiner großen Schwächen. Das liegt daran, dass ich es immer kaum erwarten kann, so nebenbei eine kriegsentscheidende Bemerkung fallenzulassen oder aus dem Hintergrund eine Frage zu stellen, nach der sich alle anwesenden Nobelpreisträger mit offenem Mund umdrehen und ganz hippelig werden. «Ist alles okay, Papa?», sagte denn auch der Kronsohn beim Frühstück, nachdem ich ihn eine Viertelstunde beim Kaffeebrühen, Brötchenschmieren und Zeitunglesen unablässig mit verkniffenen Augen angeblitzt hatte. «Habt ihr eigentlich schon die große Mathematikarbeit zurückbekommen?», fragte ich scheinbar in mich gekehrt, während ich sehr betont so ganz nebenbei dick Leberwurst auf das Croissant schmierte.

«Die Mathematikarbeit?» Ächzend und quietschend begann der Hirnapparat des Pubertisten loszuwalzen. «Wurde nicht gewertet. Weil … (Ratter. Dampf. Zisch.) … unser Lehrer, er hat was verschüttet auf die Arbeiten. Beim Korrigieren. Wein hat er verschüttet. Er trinkt immer Wein beim Korrigieren, und der ist umgekippt. Hat alles verschmiert.»

Ich nahm, während ich aus dem Fenster schaute, als sei nichts gewesen, einen genießerischen Schluck aus der Kaffeetasse, die sich allerdings als das Sahnekännchen erwies, und knobelte: «Das muss aber viel Wein gewesen sein. Bei 28 Schülern.» «Ja, es war … ein Weinfass. Er trinkt immer aus einem Weinfass auf seinem Schreibtisch.

Er ist ja schon sehr lange Lehrer. Da entwickelt sich so was.» Der Rest ging in einem kakophonischen Wutanfall meinerseits unter, in dem peinliche Benotungsdetails aus meinem jüngsten Lehrertreffen und heiser gebrüllte Forderungen nach Aufrichtigkeit, unverbrüchlicher Treue und eisernem, übermenschlichem Lernwillen (welcher nicht zuletzt das weltbekannte Hauptcharakteristikum seines Vaters wäre) ein unauflösliches Amalgam bildeten.

«Was soll nur aus ihm werden?», klagte ich meinem Weib im Doppelbett den wahren Grund meines Zorns. «Er lügt so schlecht. Viel zu kompliziert und unwahrscheinlich. Er macht auch zu viele Pausen.» Menschen, die nicht richtig lügen können, haben es sehr schwer im Leben. Jemand Lästigen oder auch nur Unpassenden mit einer befriedigenden und plausiblen Lüge abspeisen zu können ist eine der wichtigsten Zivilisationstechniken überhaupt. Man muss länger arbeiten, alle Termine einhalten und sich dauernd mit doofen Bekannten treffen, wenn man nicht lügen kann. Ja, souveräne Lebensgestaltung ist nahezu unmöglich, wenn man nicht aus dem Stand heimische Wasserrohre gebrochen oder über Nacht Autobatterien entleert sein lassen kann.

«Was war ich für ein phantastischer Lügner!», himmelte ich mich an. «Wie oft war meine Oma schwer krank, und viermal hab ich sie sogar sterben lassen, nur, um es noch echter wirken zu lassen. Aber hat sich leider nicht vererbt.» «Und lügst du heute auch noch?», zog meine Frau ihre Bettdecke unters Kinn und sah mich streng an. «Nein, mach dir keine Sorgen», beruhigte ich sie schnell und zärtlich, während der Wecker hinten auf dem Nachttisch noch eine ausreichende Viertelstunde bis zum Einschlafen verhieß, «ich bin zu alt und schusselig dafür. Ich krieg's ja kaum noch hin, die Leute auseinanderzuhalten, die wissen, dass meine Oma an Wassersucht starb, für die meine Oma auf der Treppe gestürzt ist und die, die sich noch genau an den wandernden Granatsplitter in Omis Herz erinnern können.»

OMI SCHNEIDER KOMMT AUF MICH ZU Ich weiß nicht mehr, wann genau meine Gartennachbarin Omi Schneider mein Holunder zu stören begann. Als ihr Mann noch lebte, störte mein Holunder sie jedenfalls nicht. Da war es noch ihr Mann, der sie störte. Mehr noch war es der grundsätzlich störende Zustand der Welt im Allgemeinen, den nach und nach in Ordnung zu bringen sie ihren Mann schon seit längerem gebeten hatte. Er war dazu aber offenbar nicht in der Lage.

Omi Schneider rief ihren Mann immer Hartmut, und sie rief ihn ziemlich häufig. Hartmut sollte «endlich mal den Rost aus dem Flieder schneiden». Hartmut sollte «die widerlichen Maiglöckchen nicht nur immer abschneiden, sondern richtig ausgraben». Hartmut sollte auch den Mooskratzer schleifen, die Irisknollen vorher beizen und die Leimringe anbringen, weil er es «sonst bald ganz lassen» könne. Das war alles an einem Tag nicht zu schaffen, denn Hartmut bewegte sich sehr langsam. Seine Langsamkeit steigerte sich sogar zu einer Art Superzeitlupe, wenn Omi Schneider in Reichweite war. Es war, als fürchtete er, schnellere Bewegungen könnten sich plötzlich selbständig machen und ungefragt zu Amok und Blutrausch übergehen. (So zu handeln war schon ziemlich Hartmut, und umsonst nennt heute niemand mehr sein Kind so. Heute müsstense alle Weichmut heißen.) Seine mit dem Alter löchrig gewordene Selbstbeherrschung gestattete ihm nur gleichmäßige, betont langsame und ganz bewusst ausgeführte Handlungen, wenn er zum Beispiel das sorgfältig geschärfte und gut in der Hand liegende Beil aus dem Schuppen holte, um, um, um, ja was nochmal? … ach, ja, die Pflanzstöcke für die Tomaten anzuspitzen. Es war ein Teufelskreis, denn von allen Dingen, die Omi Schneider an Hartmut störten, stand die entsetzliche Langsamkeit ihres Gatten an allererster Stelle.

Er war allerdings selber schuld. Omi Schneider war mal ein fesches Ding gewesen und – wichtig nach dem Krieg – schön drall, damals in der Kammgarnspinnerei. Das war, als sie noch Pawelke hieß, und vertrieben war sie sowieso, wie Onomasten jetzt schon ahnen. Sie war zehn Jahre jünger als Hartmut, ihr Lehrlingsausbilder, und hatte ein kesses Mundwerk. Das imponierte ihm, und er heiratete sie. Richtig wäre es gewesen, Gisela Grubitzsch zu heiraten, die ein bisschen ein zu kurzes Bein hatte, aber gottlob kein kesses Mundwerk und auch später keins bekam.

Ich musste das jetzt ausbaden. Denn eines Tages fiel Hartmut Schneider langsam und bedächtig gegen die Pergola und starb ohne viel Aufhebens. Omi Schneider rief noch: «Hartmut, Herrgott nochmal, du drückst die ganze Pergola ein!», aber Hartmut starb einfach weiter. Wenn man stirbt, ist eine «Preishammer!»-Spanholz-Pergola zu 49 Euro vermutlich nicht Grund genug, damit aufzuhören. Am Montag hatten sie noch neue Tassen gekauft. Jetzt war der Mann tot, die Pergola hin. Und dann noch vertrieben. Omi Schneider fühlte sich vom Schicksal echt in die Zange genommen.

Zwei Wochen später kam sie auf mich zu. An den Zaun. Ich stand mit freiem Oberkörper im Garten und setzte den Komposthaufen um. Schweiß glänzte auf meiner Haut, und wahrscheinlich war Omi Schneider von den Lichtreflexen angelockt worden, die meine Obacht erheischend kontrahierende Muskulatur im Sonnenschein verursachte. «Mein Mann ist ja nun tot», setzte sie mich unsentimental in Kenntnis. «Deswegen frage ich Sie, wann Sie endlich mal den Holunder absägen wollen.» «Den Holunder? Absägen? Ich?», fragte ich irritiert zurück, weil mich ein langes Leben gelehrt hatte, dass es manchmal ausreicht, nur lange genug irritiert zurückzufragen, um alle Ansinnen wieder von dannen ziehen zu lassen. «Ja, der Holunder! Was glauben Sie, was der für einen Dreck macht. Die Trauben, dieses ganze blaue Gematsche, überall auf dem Wegpflaster. Und dann im Herbst die Blätter, überall liegen die rum. Auf dem Dach, verstopfen die Dachrinne. Man wird ja seines Lebens nicht mehr froh! Außerdem verstößt er gegen das Bundeskleingartengesetz, weil er zu dicht am Zaun steht. Also, der muss weg!»

Ich spürte, wie sich meine Lebenstätigkeit ganz plötzlich bewusst verlangsamte, und mit der Besonnenheit eines Mannes, der weiß, wie dünn die Kruste zivilisierten, friedlichen Zusammenlebens sein kann, legte ich den Spaten so weit weg, wie ich es für nötig erachtete. «Ich vermisse Ihren Mann», sagte ich, «er fehlt mir.» Omi Schneider äugte mich von der Seite an und erwiderte kurz im Jargon der Generation, die noch den Krieg erlebt hat und sich gut aufs Wesentliche konzentrieren kann: «Jaja.» Die Antwort überzeugte mich davon, dass es wahrscheinlich sinnlos war, Omi Schneider in ein feingesponnenes Netz emotionaler Abhängigkeit zu verstricken, wie ich es sonst immer tue. Das Bundeskleingartengesetz war auf ihrer Seite. Und damit basta. «Na ja, okay, ich mach den mal weg. Bei Gelegenheit», bewahrte ich mir einen kleinen Rest zeitlicher Freiheit.

Omi Schneider war zufrieden. «Ordnung muss sein, junger Mann. Das hat mir schon meine Mutter beigebracht. Damals in Tschepine. Das liegt bei Breslau. Kennen Sie Breslau? Wir mussten ja alles zurücklassen damals. Sogar den Hund. Er hieß Alfie. Es war ein Deutscher Schäferhund. Wahrscheinlich haben ihn die Russen totgemacht. Oder die Polen. Oder sogar gegessen. Es gab ja nix zu essen. Damals. Vor dem Krieg, ja, da …» Ich versuchte, so uninteressiert zu gucken, wie man nur gucken kann, ohne aggressiv zu wirken. Schon die geringste Anteilnahme würde mich in der nächsten Stunde mit den Geheimnissen schlesischer Küche und Lebensart überschütten.

Ich bereute es ein bisschen, nachgegeben zu haben. Aber nicht so sehr, wie ich es bereuen sollte, als ich meiner Frau sagte, dass ich auf Geheiß von Omi Schneider den Holunder fällen würde. «Kommt gar nicht in Frage. Der Baum bleibt. Wovon soll ich im Herbst Holundersuppe machen?», sagte meine Frau, die noch nie im Herbst Holundersuppe gemacht hatte, aber jetzt offenbar wild dazu entschlossen war. Sie schob sogar ein bisschen ihr Kinn vor. Kein gutes Zeichen. Die Zeit, wo Frauen es sich noch hoch anrechneten, fest hinter der Entscheidung ihres Mannes zu stehen, wie auch immer sie ausfiel – gab es diese Zeit überhaupt? Jetzt durfte ich mich jedenfalls entscheiden, wen ich lieber gegen mich aufbringen wollte. Die unnachgiebige, kriegserfahrene Omi Schneider oder die vom Schwiegervater mit teutonischen Konfrontationsreflexen erblich vorbelastete Liebste. Es war völlig klar, dass im letzteren Falle der Waschlappen von einem Mann da neben ihr im Doppelbett für lange nicht mal in die Nähe ihres Negligés gelassen werden würde, wie auch völlig klar war, dass eine enttäuschte Omi Schneider den Gartenvorstand samt Zollstock gegen mich aufhetzen würde und ich vor lauter Rückbauvorschriften, Zwiebeleinsatztiefenmessungen und Obstbaumoberkappungsgrenzen jahrelang nicht mehr zum Dösen in der Hängematte kommen würde.

Ich stand eine Weile am Fenster und kraulte die Katze, die von oben finster einen Terrier belauerte, der mit elegant abgespreizter Pfote seelenruhig unsere Einfahrt als die seine markierte. Dann drehte ich mich um, ließ meine Stimme so tief wie nur möglich in die Brust sacken und sagte: «Die Russen haben Omi Schneiders Lieblingshündchen an einem Holunderbusch aufgeknüpft. Weil er keine Kunststücke konnte. Im Krieg. Damals in Schlesien. Sie muss immer daran denken, wenn sie unseren Holunder sieht. Nun weißt du es. Ich werde ihr aber natürlich absagen, wenn du es so willst.»

Ich hatte beinahe Tränen in den Augen, so toll hatte es sich angehört. Meine Frau kam zu mir und schmiegte sich an mich, wie sie es sonst nur macht, wenn sie zerstrittenen Freundespaaren zeigen will, was wahre Liebe ist. Ich sollte wirklich wieder mehr lügen.

DIE WAHRHEIT ÜBER EINEN JUNGSGEBURTSTAG Wer mich schon mal unaufgefordert anrufen musste, weiß, dass ich sehr unwirsch reagieren kann. Das hat Vorteile, weil Billigtarifhausierer und Heizkostenhalbierer nie wieder anrufen, sondern danach erst mal zwei Wochen vom Call-Center-Psychologen getröstet werden müssen. Andererseits zeichnet es, wie übrigens auch viele russische Straßenkarikaturisten, ein falsches Bild von mir. Die allermeiste Zeit des Tages reagiere ich einfach nur wirsch. Angenehm wirsches Reagieren und eine betont flätige Ausdrucksweise – dies sind die Kennzeichen meiner reifen Persönlichkeit. Anders die Freunde meines Sohnes. Da spritzt der Unflat nur so aus den Pubertistenhälsen.

In der Elternversammlung tun die dazugehörigen Erziehungspersonen ja immer so, als ob sie sich zu Hause vor lauter HabedieEhre und BehütSieGott nicht gegenseitig durch die Tür komplimentiert bekommen, aber wenn man ihren Nachwuchs mal auswärts hört, klingt es doch stark nach Hafen…angestellte.

Dabei wollte ich ursprünglich die ganze Bande zum 14. Geburtstag sich selbst überlassen. Cola, Snacks und Daddelkiste. Aber als die Jungs schon beim Hinstellen der Käsestangen loswieherten (wie viel Hormonüberschuss muss man eigentlich haben, um aus so was eine Zote zu ziehen), ahnte ich, dass alle Geburtstage vorher unschuldige Vergnügungen waren.

Eine Stunde später schubsten sich die Bengel gegenseitig in die Mädels und schrien F-Wörter. Mag ja seine Reize haben, und ich könnte auf Anhieb eine Reihe von Damen nennen, gegen die ich auch mal geschubst werden möchte, aber der Toooon! Der Kronsohn dagegen hielt sich abseits und schlug etwas stärker strukturierte Spiele vor. Gelächter allenthalben. Hatte ich meinen Sohn zu gut erzogen? Alle, die ihn kennen, und sogar die, die nur von ihm gehört haben, würden das verneinen, und die meisten würden sogar unter der Folter dabei bleiben. Aber dann rief ihm einer das böse Wort «Langweiler» herüber und ließ sich gegen die vielversprechende Mareike schubsen, die auch zuverlässig vor Freude kreischte. So geht's aber nicht. Bei den Jungfern großtun auf Kosten meines Nachkommen?

«Ich geh jetzt rüber und stopf der Arschkrampe das Maul», sagte ich zu meiner Frau, die in der Küche mit der Fragphasen-Trollprinzessin darüber diskutierte, ob man später länger tot ist, als man vorher nicht geboren war. «Dem geb ich Bescheid, dass man noch lange kein Pilot ist, bloß weil man mal im Internet auf ein Flugzeug-Foto geklickt hat. Den Sprilli mach ich zur Schnecke. Schleimig genug ist er ja schon. Im Bademantel duschen und noch mit X-Beinen Schlüpper wechseln, wenn alle schon gegangen sind, aber meinen Sohn vollmeiern.» Ach, gute alte Kampfrhetorik, Wohlklang früher Schulhof-Fehden. Überrascht entdeckte ich, dass ich meine Daumen Bay-City-Rollers-mäßig in die Gürtelschlaufen gehakt hatte. «Lass ihn mal», sagte meine Frau, «dein Sohn kann sich selbst verteidigen. Und wenn nicht, muss er's lernen.»

Schade, aber wie es aussah, hatte die Wahrheit wieder einmal die Gestalt meiner Liebsten angenommen. Ich ging trotzdem leise zum Jugendzimmer, wo vier

Pubiknaben grölend auf dem Bett herumhüpften. Mein Sohn saß schwermütig wie Hamlet auf der Bettkante. Mareike neben ihm hielt tröstend seine Hand. Abgefeimte Masche das. Alles meine Gene.

JUGEND OHNE WEIHE Wir waren immerhin 21, die nach der Elternversammlung noch sitzen blieben, und wir waren von den Ungläubigen welche. Und dementsprechend ungläubig starrte ich die Frau vom Jugendweiheverein an, als sie meine Frage nach dem Gelöbnis verneinte. «Aber es gibt einen Blumenstrauß und eine Urkunde!», antwortete sie stolz. Na toll. Bei den Urvölkern müssense Drogenwurzeln kauen oder sich sonst was ichsagnichtwo durchbohren, um ein Mann zu werden, und bei den Hindus gibt es wenigstens noch ein rituelles Bad (nötig hätte es der Sohn, aber deswegen gleich nie wieder Rumpsteak essen?), und beim gottlob untergegangenen Volk der Siebzigerjahreostdeutschen musste man als Initiant sogar einen weißen Silastik-Rollkragenpullover tragen, der beim Ausziehen knatterte und funkte wie eine Transformatorenstation, aber bei den hiesigen Humanisten ist dann alles gleich mit einem Händeschütteln vorbei. Das ist doch nicht mehr feierlich. «Sosehr ich Sie als Vati verstehen kann», guckte mich die Frau vom Jugendweiheverein mit einem säuerlichen Bedauern an, «so wird ein Gelöbnis heute doch von vielen Eltern als unzeitgemäß empfunden.»

Das sehe ich aber ganz anders. Es gibt heuer viel zu geloben. Wie wär's denn mit: «Ich gelobe, dass meine Ausgaben nie größer sein werden als meine Einnahmen!»? Völlig ideologiefrei, von großer sittlicher Kraft und eine so äonenhafte Weisheit, dass die Jugendlichen eigentlich schulklassenweise an Greisen auf dem Totenbett vorbeigeschleust werden sollten, die sie mit ersterbender Stimme darin einweihen. Andererseits könnte man aber die Jugendweihlinge auch das Verhalten bei noch fernen Bewährungsproben quasi vorauseilend geloben lassen. «Ich gelobe, meinen Kindern oder mir anvertrauten Kindspersonen oder im schlimmsten Fall mir selbst beim Quengeln vorm Süßwarenaufsteller an der Kasse nicht nachzugeben. Möge mich die Verachtung aller Menschen von Ehre und Charakter treffen, wenn mir jemals die Worte ‹Na gut, aber nur eins, damit du Ruhe gibst!› über die Lippen kommen sollten.» Tränen allzu immer eingeknickter Mütter und die vor Schmerz geballten Fäuste rückgratlosester Väter würden die Weihehallen erfüllen bei solchen Schwüren. Aber Blumenstrauß und Urkunde, mit so was wird man doch nicht in den Kreis der Erwachsenen aufgenommen. Abgesehen davon, dass man sowieso vorsichtig sein sollte, wenn Erwachsene einen Kreis um einen bilden (entweder sind es Polizisten hinter Plexiglasschilden oder Leute in unsachgemäß selbstgestrickten Pullovern, die einen dauernd feste drücken wollen).

Die Frau vom Jugendweiheverein stellte aber fest, dass es keine weiteren Fragen gäbe, betonte, dass das private Fotografieren verboten sei (wahrscheinlich, damit von der Urkundenübergabe nichts an die Weltöffentlichkeit dringt), und pries noch einige preisermäßigte Jugendweihereisen im Vorfeld der Einweihe an. «Du hast offiziell zwei Möglichkeiten, dich auf das Erwachsensein vorzubereiten», sagte ich zu meinem Sohn, «entweder machst du eine Busreise ins Badeparadies Tropical Island oder ins KZ Buchenwald.» Der Sohn ging, dessen nicht achtend, die Zahl der Einladungen durch und meinte: «Wenn jeder 50 Euro schenkt, könnte es für einen Computer reichen.»

DAS FLUCH ICH DIR ... Heute will ich einmal nicht verflucht sein, wie so oft, sondern selber verfluchen. Obschon die Heilkräuterei und freundliches Handauflegen ja schwer im Kommen sind, ist das gute alte Verfluchen noch nicht bei Avantgardisten der Nachwissenschaftlichkeit angekommen. Dabei gibt es im Leben eines Menschen viele Situationen, die unjustiziabel, aber schwer vergeltungsbedürftig sind. Hier hat die Verfluchung ihren eigentlichen Gegenstand. So will ich denn heute mit gut durchdachten Flüchen einige Zeitgenossen heimsuchen, die sich in der letzten Zeit dafür empfohlen haben. Wohlan denn, es sei: Abgefeimter, beutelschneiderischer Elektromechaniker, der du meine schlichte Küchenlampe für außergewöhnlich ungünstige 100 Euro wieder zum Leuchten brachtest, obschon sich später herausstellen sollte, dass du bloß binnen Minuten eine winzige Sicherung am Potenziometer ausgewechselt hast, du sollst VERFLUCHT sein! Es soll die Phase von nun an auf immer dort anliegen, wo du sie nicht vermutest. Es soll jedes Mal, wenn du mit dem Satz «Jetzt funktioniert sie wieder» den Schalter drückst, die ganze Stadt samt Straßenbahnen im Dunkel versinken. Dies sei mein Fluch!

Arglistiger, schmerbäuchiger Bademeister, der du mich und meinen Sohn an jenem schwülen Abend erst per Karte ins Freibad ließest, um dann per Lautsprecher das offizielle Ende der Benützung der Schwimmbecken zu verkünden, du seiest VERFLUCHT! Dein zutraulich fluffiges Popkorn im Kino soll an unerwarteter Stelle ein ungepoppt gebliebenes, knallhartes Maiskorn enthalten, auf dem dein alter amalgamstrotzender Backenzahn bis auf den blanken Nerv in Stücke bricht, auf dass du dich winselnd in den Nacho-Scherben unterm Sitz wälzt, und zwar so, dass noch Wochen später alle Zuschauer von der grauenvollen Synchronisation der Marterszene im Zombiefilm erzählen. So sei mein Fluch!

Auch du, hundsföttischer Jungvater, sollst verflucht sein, der du dein junges Weib am Mobiltelefon anschriest und wegdrücktest, dieweil sie mit dem angestoßenen Bugspoiler deines Opel Kadett und deinem Kind auf dem Arm heulend mitten auf einer Hauptstadtkreuzung stand, und dessen Zeuge zu werden ich die Qual hatte. Du seist VERFLUCHT! Dein sich schon länger aus jedweder Memorierfähigkeit gekiffter Tätowierer soll sich bei der nächsten Rückensitzung im Vorlagenbuch vergreifen und dir statt des kreuzgefährlichen Gangsta-Tribal-Motivs ein Bild von Schnatterinchen und Pittiplatsch auf den Latissimus dauertuschen. Und Ersteres davon soll auf immer dein Spitzname werden in dem Kaff, in dem du wohnst. Das fluche ich dir.

Nichtskönnerischer, lächerlicher, wahrscheinlich debiler, seniler oder zu juveniler Möchtegern-Fahrraddieb, der du erst vergeblich mein – übrigens sonst zum Absperren von NATO-Munitionsdepot-Toren verwendetes – Kettenschloss aufzunadeln versuchtest und dann auch noch wütend statt gegen deinen eigenen Dummschädel gegen mein Vorderrad tratst, du sollst VERFLUCHT sein. Du sollst mit einem schon aufgrund seiner Körperhygiene zu Recht alleinstehenden Teilzeitbibliothekar, der auf richterlichen Beschluss wegen seiner Blähungen zum Arzt geschickt wurde, im Fahrstuhl stecken bleiben. Zusammen mit dem kaputten Müllbeutel des Sushi-Restaurants. Und einem geschlechtsreifen Kater. Und übers Wochenende.

Mögen diese Flüche so lange ihre schädliche Kraft behalten, bis ihr selber den Tag verflucht, an dem ihr solche Schandtaten begingt. Allen anderen einen schönen Sommer!

NIEDER MIT DEM SPASSBETTELN Das Elend macht sich breit. Und zwar auf dem Packtisch vor meiner Kaufhalle. Der hiesige, riesige Chefalkoholiker hatte sich nach einer gewaltigen und für die meisten von uns wahrscheinlich tödlichen Morgenziehung da erst mal lang- und dann auch noch gleich mal eingemacht. Omas trippelten vorbei und schüttelten vor Abscheu oder Parkinson mit den Köpfchen. Das Personal blieb auf gewohnt gutmütige Weise untätig. Das sollte ich mich mal trauen. Ich würde gar nicht bis zum Einlullern kommen, da würden mich schon der Obstmann und der fleischige Fleischer auf drei über die Rabatten expedieren.

Na ja, die Schwachen haben unser Herz und «… vielleicht mal ä Euro zu erübrige?». Ein hagerer Mann mittleren Alters mit Rucksack verschattete die Ladekante meines Kombis, und ich merkte schon an seiner merkwürdigen Aussprache, dass er keiner der einheimischen Nuschelstruppis war. «Der Aussprache nach würde ich Sie der süddeutschen Obdachlosenszene zuordnen», redete ich ihn weltläufig an. «Welch überzogener Begriff von Nichtsesshaftigkeit hat Sie denn hierher verschlagen?» Er lachte herzlich wie jemand, der einst von seiner Firma vergeblich ein Seminar «Herzliches Lachen für Führungskräfte» bezahlt bekommen hatte, und erklärte launig, dass seine Aufmachung daher rühre, dass er jetzt im Urlaub einmal ohne alle Barschaften quer durch Deutschland wandern wolle.

Meine Groschenhand vereiste. Ich lass mir doch meine Solidaritätsreflexe nicht antesten wie mit dem Gummihammer. «Sie tun also nur so, als hätten Sie kein Geld? Für so was hab ich aber gar nix übrig. Da werd ich mal auch nur so tun, als wenn ich Ihnen Geld geben würde …» Das kann ich gerade leiden: Rollentausch, Schnupperidentitäten. Zehn Tage Nullpension auf vom ADAC empfohlenen Schnorrer-Routen. Merken, mit wie wenig man auskommt. Merken, was wirklich wichtig ist. Ganz bewusst Menschen kennenlernen. Alte Lieder singen. Aber nicht mit mir. Bei mir ist Spaßbetteln und Einfach-mal-so-Mitmenschlichkeit-Erleben verboten!

Ich klappte ohne Vorwarnung die Ladeluke zu. Der Elendstourist prallte gerade rechtzeitig zurück. «Ja, sehe Sie sisch doch vor. Sie hätte mir beinah die Nas abgerisse …» «Ohne Geld durch Deutschland ist ja kein Ding», sagte ich, «aber ohne Nase … da könnense einen schönen Lichtbildervortrag für die Volkshochschule draus machen.»

Der hiesige, riesige Chefalkoholiker war mittlerweile erwacht, hatte sich aufgesetzt und begann, ängstlich vorübereilende Knaben und Hunde mit «Du bist aber ein Guter, du bist ja ein ganz Guter!» anzulallen. Dabei geriet er aus dem Lot, rutschte vom Packtisch und torkelte, wie Isaac Newton es vor langer Zeit hatte kommen sehen, immer schneller werdend die Rampe herunter und umarmte, samt unreiner Hose, den Elendstouristen. «Wir beide zischen jetzt erst mal einen, mein Guter. Du bist dran mit Holen!», röchelte er den Mann ohne Barschaften monothematisch an.

«Isch hab aber gar kei Geld, lieber Mann», antwortete dieser wahrheitsgemäß, ohne sich aus dem

Würgegriff des Elends befreien zu können. «Hier, ihr beiden unverbesserlichen Schluckspechte», wühlte ich listig mein Hartgeld heraus, «das müsste für eine Pulle Stroh-Rum reichen. Aber schön Schluck für Schluck teilen», ermahnte ich beide und ging.

DER EGO-SCHRUBBER «Eine Studie hat ergeben, dass die Beteiligung der Männer am Haushalt mit zunehmendem Alter zunehmend abnimmt», sagte meine Frau über die Zeitung gebeugt und leckte sich befriedigt den Latteschaum vom Oberlippenflaum. «Ich hab dich gerade nicht verstanden», antwortete ich im Geklapper des Spülmaschinenausräumens. «Die Männer werden im Alter immer fauler», rief sie laut, «und zwar durch die Bank weg, mein Lieber! Gleichgültig, welcher Konfession oder Weltanschauung oder …», meine Frau pausierte kurz, «… Größe!»

Da ich meine ganze verbale Intelligenz an diesem Morgen schon am Kronsohn verausgabt hatte, um ihn zu einer schnöden Haarwäsche zu überreden, hmmmmte ich erst mal nur tischwischend unbestimmt vor mich hin und sperrte dann den muffelnden Wischlappen für drei Minuten in die Mikrowelle, der – kling! O Wunder! – geruchsfrei wieder hervorkam.

Doch meine Frau suchte die Anteilnahme. «Das erzähl ich gleich der Dinkelkeksin!», rief sie fröhlich und legte die Beine hoch, damit ich besser ausfegen konnte. Dann keckerte und meckerte es eine halbe Stunde lang am Telefon von «ganz billigen anthropologischen Ausreden» und von «höchstens zehn Prozent auf null» samt: «Das ist ja köstlich. Das merk ich mir», und: «Stünden die Stiefel immer noch im Flur, wenn ich nicht …»

Als ich jedenfalls mit der Küche fertig war, setzte ich mich vor den Computer und säuberte sogar noch in Rekordzeit ein Dorf in der Normandie von bösen Nazis (und das alles ohne Medipacks!). Mehr Reinigung war nie, aber sei's drum. Die männliche Beteiligung am Haushaltseinerlei gehört zu den am meisten mystifizierten Gegenständen der Küchensoziologie. Ebenso wie das Rotweintrinken für gesund erklärt wurde, bloß weil Gesunde mehr Rotwein trinken als Leute, die sich nach dem Teebeutelrausheben erst mal hinlegen müssen, genauso strotzt das Thema «Frauens Werk und Mannes Beitrag» von lauter verqueren Kausalketten.

Zum Ersten sprechen Frauen ja grundsätzlich die Sprache des Leidens, der enttäuschten Hoffnungen und des Mit-allem-Alleingelassenseins, weil sich da besser mitfühlen lässt. («Zwanzig Jahre habe ich still gehofft, dass er die Flusen hinterm Kühlschrank von alleine sieht. Jetzt ist er tot, und die Flusen sind immer noch da.») Und zweitens ziehen sich Männer im Alter nicht aus der Hausarbeit zurück, sondern verweigern sich nur der schleichenden Ausweitung derselben. («Ich frage mich jeden Tag, was so schrecklich daran ist, die Tagesdecke im oberen Viertel zurückzuschlagen und das Zierkissen mit Knick in die Mitte zu setzen, bevor er aus dem Haus geht.»)

«Eine Studie hat ergeben, dass die Beteiligung der Männer am Haushalt mit zunehmendem Alter zunehmend abnimmt, und zwar egal, ob SPD, CDU oder Grüne», sagte ich zu Vater Dinkelkeks, als wir gemeinsam beim Kinderturnen auf der Bank saßen und der zwar russisch-, aber sonst überhaupt nicht stämmigen, sondern wunderbar biegsamen Jungtrainerin beim Vorturnen zusahen. «Es ist immer gut, wenn die Frauen wissen, dass sie nicht wirklich eine Wahl haben», sprach Vater Dinkelkeks, und wir klatschten spontan, als Natascha in den Spagat fiel.

MINKA MOLLIG «Irgendwas ist mit der Katze!», sagte meine Frau, die in ihrer Freizeit gerne Haustiere beobachtet. Die Katze, die eben noch einen ganz normalen Gang über die Diele absolviert hatte, fiel auf der Stelle um und begann ausgiebig herumzuliegen. «Sie liegt im Weg», sprach ich, um eine beruhigende Deutung bemüht, «wir sollen drum herumgehen. Das sind so ihre Machtspielchen. Da fühlt sie sich toll. Sie weiß nicht, dass wir aus Tierschutzgründen keine andere Wahl haben.» Aber die Frau beharrte darauf, dass die Katze anders sei als sonst. Sie wirke geschwächt und lethargisch, und am Bauch sei eine Ausstülpung fragwürdiger Konsistenz zu ertasten. Minka lag auf der Seite und leckte nur hin und wieder ihr Schulterfell.

«Geh mal zur Tierärztin hoch», bat ich, dann doch verunsichert, den Stammhalter, denn unser Haus beherbergt praktischerweise eine Veterinärin, die zwar sonst eigentlich im weißen Ganzkörperanzug tödliche Viren von einer hermetischen Schleuse zur anderen trägt, aber irgendeine Grundausbildung haben sie ja alle. «Das ist Fett!», sagte die Veterinärin, nachdem sie Minka nicht ohne Mühe angehoben und befühlt hatte. «Dieses Zeug da unten am Bauch ist Fett?», fragte meine Frau ungläubig. Die Tierärztin nickte. Fett geht eben seine eigenen Wege.

In unserer Kaufhalle gibt es eine Verkäuferin, bei der sich das Fett in Form eines Kehllappens angespeichert hat. Sie ist nett, sieht aber aus wie ein Leguan.

Evolutionär macht das überhaupt keinen Sinn. Wenn das ein Fortpflanzungsvorteil sein soll, dann nicht in derselben Gattung. Ich zum Beispiel hätte mein Fett gern auf den Schultern, aber es tut mir nicht den Gefallen. «Die Katze ist überfüttert, aber keine Sorge. Im besseren Fachhandel gibt es spezielle Diätprodukte. Die sind zwar etwas teurer, aber ein, zwei Jahre, dann ist sie wieder in Form.» Der Haustierökonom in mir begann leise vor sich hin zu sieden. «Und Gewichte?», fragte ich die Tierärztin, noch bevor meine Frau mich mit einer schneidenden Bewegung an ihrem Hals zum Schweigen bringen konnte. «Kann man an dem Tier nicht irgendwelche Gewichte anbringen, so zu Ertüchtigungszwecken?»

Ich habe nie vergessen, wie Minka eines süßen Mittagsschlafs voll ausgekrallt und in hohem Bogen auf meinen Schoß gesprungen kam, weil die erektile Bewegung unter der Kuscheldecke irgendwie in ihr Beuteschema gepasst hatte. (Worauf ich ein Klappmesser turnte, das eines Olympiakaders würdig war.) Dass Minka nunmehr mit vier selbstverständlich total artgerechten Bleimanschetten an den Pfoten ächzend aufs Sofa kriechen sollte wie ein Rekrut an der Eskaladierwand, schien mir physiologisch ausgewogen und auch mal gerecht.

«Nein, aber ihr könnt ihr dass Futter an verschiedenen Stellen verstecken, sodass sie bei Hunger erst mal suchen muss.» Sohn und Tochter waren von dieser Art Dauer-Ostern sofort total begeistert. Ich wollte erst «Nix da!» knurren, aber da die Trollprinzessin ihrer Enttäuschung für gewöhnlich in schrillen Schreien Ausdruck verleiht, knickte ich ein. Ein Fehler.

Ein paar Tage später zog Verwesungsgeruch durch die Wohnung, und ich saß bei offenem Fenster im

Mantel vorm Fernseher. Die vergesslichen Kinder kletterten suchend über und unter die Schränke. «Wenn Minka es bis jetzt nicht gefunden hat, wieso sollten es dann die Kinder finden?», sagte meine Frau.

ZULETZT Oft höre ich Leute sagen, dass es bei uns zu Hause sicher sehr lustig zugeht. Das stimmt auch. Meine Frau hat mich dennoch gebeten, darauf hinzuweisen, dass das nur für die Zeit gilt, in der ich keine Kolumne schreibe oder mich gedanklich auf das Schreiben einer Kolumne vorbereite oder eine bereits geschriebene Kolumne kritisch begutachte oder der Veröffentlichung entgegenfiebere. In der verbleibenden Zeit würde es wahrscheinlich schon sehr lustig zugehen, wenn sie nicht so tief und fest schlafen täte.

GLOSSAR S. 11: Mondfahrt der Mannsbilder (DasMagazin 9/06), S. 15: Schnell mal Luft holen gehen (DasMagazin 05/07), S. 18: Soll ich meine Tochter verschleiern? (DasMagazin 02/06), S. 21: Menschen ohne Bodenplatte (DasMagazin 07-08/05), S. 23: Auf kleinem Fuß (DasMagazin 06/06), S. 25: Wunderliche Vielfalt in der Vererbung (DasMagazin 04/07), S. 28: Bart apart (DasMagazin 01/07), S. 30: Schüchtern betrachtet (DasMagazin 09/08), S. 36: Kampf ums Puscheldiadem (DasMagazin 11/05), S. 38: Dir werd ich helfen, Freundchen (DasMagazin 10/05), S. 40: Parole Passwort (DasMagazin 01/06), S. 43: Wie eine Feuersbrunst (DasMagazin 09/06), S. 45: Die Hussen kommen (DasMagazin 12/05), S. 47: Die Welt im Kleinen (DasMagazin 03/07), S. 50: Träge Trägerrakete (DasMagazin 03/08), S. 52: Vermisstenanzeige (DasMagazin 12/06), S. 54: Ausgezwinkert (DasMagazin 11/06), S. 57: Schnurren und Schrammen – wer will das verdammen (Erstveröffentlichung), S. 61: Mein Leben als französisches Melodram (DasMagazin 09/07). S. 64: Umbau im Lotterbett (DasMagazin 05/06), S. 66: Böser Vati (DasMagazin 07-08/07), S. 69: Gottes Tischfeuerwerk (DasMagazin 12/07), S. 72: Pechsträhnchen (DasMagazin 07-08/08), S. 75: Mein Mann möchte diese Kolumne nicht schreiben (DasMagazin 10/06), S. 77: Lebensmittelmottenmittel (DasMagazin 10/07), S. 79: Denn sie wissen nicht, warum sie kichern (DasMagazin 04/06), S. 81: Wie im Schmuddelfilm (DasMagazin 01/08), S. 84: Einladung zum Männerballett (DasMagazin 03/06), S. 86: Gewaltfrei züchtigen (Erstveröffentlichung), S. 92: Die Fahrkralle (DasMagazin 02/08), S. 94: Rhetorischer Unfug (DasMagazin 02/07), S. 96: Im Morgengrauen ist es nicht still (DasMagazin 06/08), S. 98: Der Lügenprinz

(DasMagazin 11/07), S. 101: Omi Schneider kommt auf mich zu (Erstveröffentlichung), S. 106: Die Wahrheit über einen Jungsgeburtstag (DasMagazin 04/08), S. 109: Jugend ohne Weihe (DasMagazin 05/08), S. 111: Das fluch ich dir … (DasMagazin 07-08/06), S. 114: Nieder mit dem Spaßbetteln (DasMagazin 09/05), S. 117: Der Ego-Schrubber (DasMagazin 06/07), S. 119: Minka mollig (DasMagazin 10/08)

Stefan Schwarz

Hüftkreisen mit Nancy

Roman

ISBN 978-3-87124-674-3

«Stefan Schwarz ist ein bisschen wie Axel Hacke. Nur eine ganze Ecke jünger, experimentierfreudiger und, nun ja, dreckiger.» Rheinische Post

Unser Held ist in Not: Zehn Jahre verheiratet, zwei Kinder, hat er immer häufiger das Gefühl, sich in einer Sackgasse zu befinden. Er beschließt zu handeln und zunächst die Bewunderung seiner Frau zurückzugewinnen. Er begibt sich also ins nächstgelegene Fitnessstudio, um dort leider auf Nancy zu treffen. Angesichts der fleischgewordenen Versuchung überdenkt er seine Zukunft in zwei Varianten: als alter Sack an der Seite der schönen blutjungen Nancy oder als künftig verantwortungsvollerer, interessanterer, charmanterer, erotischerer Ehemann seiner Frau. Aber lesen Sie selbst!

B 220-1

FSC
www.fsc.org
MIX
Papier aus verantwortungsvollen Quellen
FSC® C083411

Das für dieses Buch verwendete FSC®-zertifizierte Papier
Lux Cream liefert Stora Enso, Finnland.